향은 제 몸 태워
온 세상 향기롭네

고승열전 **1** 아도화상

# 향은 제 몸 태워
# 온 세상 향기롭네

윤청광 지음

우리출판사

## 윤 청 광

전남 영암 출생으로 동국대학교에서 영문학을 전공했고, MBC-TV 개국기념작품 공모에 소설 〈末島〉가 당선되었으며, MBC에서 〈오발탄〉〈신문고〉〈세계 속의 한국인〉 등을 집필했다. 그 동안 대한출판문화협회 상무이사 · 부회장 · 저작권대책위원장 · 한국방송작가협회 이사 · 감사 · 방송위원회 심의위원을 역임했고, 〈불교신문〉 논설위원을 거쳐 현재 〈법보신문〉 논설위원, 법정스님이 제창한 〈맑고 향기롭게 살아가기 운동〉 본부장, 출판연구소 이사장을 맡아 활동하고 있다. BBS 불교방송을 통해 〈고승열전〉을 장기간 집필했고, ≪불교를 알면 평생이 즐겁다≫ ≪불경과 성경 왜 이렇게 같을까≫ ≪회색 고무신≫ 등의 저서가 있으며, 기업체 · 단체 연수회에 초빙되어 특강을 통해 '더불어 사는 세상' 을 가꾸고 있다.

---

BBS 인기방송프로
고승열전 ① 아도화상
향은 제 몸 태워 온 세상 향기롭네

2002년 10월 23일 개정판 1쇄 인쇄
2006년 7월 27일 개정판 2쇄 발행

지은이/윤청광
펴낸이/김동금
펴낸곳/우리출판사
등록/1988년 1월 21일 제9-139호
주소/120-013 서울특별시 서대문구 충정로 3가 1-38
전화/(02)313-5047, 5056
팩스/(02)393-9696
E-mail/woribook@chollian.net

ISBN 89-7561-172-8  03810

책값은 뒷표지에 있습니다.

· 지은이와 협의하여 인지를 붙이지 않습니다.
· 잘못된 책은 본사나 구입하신 서점에서 바꾸어 드립니다.

"여러 대중들께서는 합장하는 습관을 기르도록 하십시오.

걱정되는 일을 당했을 적에 합장을 하십시오. 놀랐을 적에도 합장을 하십시오.

오만 가지 근심 걱정이 저절로 사라지고, 퉁탕거렸던 가슴이 편안해져서 근심 걱정을 해결할 방도가 차분하게 떠오를 것입니다.

남편이 속을 썩일 적에도 합장을 하십시오. 부인이 미워죽겠을 적에도 합장을 하십시오. 자식이 미울 적에도 합장을 하십시오. 원수를 만났을 적에도 합장을 하십시오.

합장을 하고 잠시만 지나면 이 세상 모든 근심 걱정이 저절로 사라지고, 남편 미운 생각, 부인 미운 생각, 자식 미운 생각, 상대에 대한 원망도 미움도 적개심도 억울함도 저절로 사라지게 될 것입니다.

입에서 욕이 튀어나오려고 할 적에 얼른 두 손을 모아 합장을 해보십시오. 절대로 욕설이 입밖으로 튀어나오지 아니할 것입니다.

소승의 말이 과연 맞는 말인가, 틀린 말인가 의심이 가시거든, 오늘밤 당장에 합장을 한 채 부부싸움을 한 번 해보십시오. 합장만 하고 있으면 욕도 나오지 아니하고, 원망도 나오지 아니하고, 싸움도 되지 아니하고, 나쁜 생각, 나쁜 일은 아니하게 됩니다.

그래서 우리 불가에서는 합장을 하라고 가르치는 것이지요.

마음과 정성을 하나로 모아 늘 합장을 하십시오. 그러면 천 가지 만 가지 복이 들어올 것입니다."

# 차례

**1**
제 아비는 누구십니까 / 11

**2**
아버지를 만나러 중국 땅으로 / 22

**3**
승명을 아도라 하여라 / 42

**4**
사람으로 태어난 것을 감사해라 / 54

**5**
중생을 위해서 살아라 / 69

**6**
분별하지 말고 집착하지 말라 / 85

**7**
어머니라 하지 말고 보살이라 하시게 / 94

**8**
드디어 신라 땅으로 / 108

**9**
세상을 바로 보아라 / 120

***10***
머슴스님 / 131

***11***
도적과 같은 사람 / 155

***12***
곡식이 담긴 그릇과 흙이 담긴 그릇 / 177

***13***
그것은 향이오 / 194

***14***
태어나는 것부터 고통이니라 / 212

***15***
왕궁으로 붙잡혀간 아도스님 / 224

***16***
왕궁의 독경 소리 / 243

***17***
최초의 비구니 스님 / 257

***18***
마음과 정성을 모아 합장하라 / 268

# 1
## 제 아버지는 누구십니까

때는 지금으로부터 1470여 년 전인 고구려 제22대 안장왕 5년 겨울, 동짓달이라 바람소리가 유난히도 커다랗게 들리는 날이었다.

고구려의 서울 평양성 서문 밖에 다 쓰러져가는 초가집 단칸방에서는 밤이 이슥하도록 다듬이질 소리가 그치질 않고 이어졌다.

그런데 바람소리와 다듬이질 소리에 잘 들리지는 않지만 문밖에서 희미하게 사람 소리가 들리는 것이었다.

아낙은 다듬이질을 잠시 멈추고 귀를 기울였다.

"계시옵니까, 어머니? 어머니 계시옵니까?"

아낙은 밖을 향해 큰 소리로 외쳤다.

"아니 밖에 누가 오셨나…… 뉘시옵니까요?"

곧이어 바깥에서 누군가의 목소리가 들려왔다.
"소승이옵니다. 어머니, 저예요."
아낙은 자리에서 벌떡 일어나서 방문을 열며 소리쳤다.
"아니, 이게 누구란 말이냐!"
밖에는 웬 승려 차림의 남자가 서 있었다.
"접니다, 어머니!"
"아니, 세상에! 이 밤중에 네가 웬일이더란 말이냐, 어서 들어오너라!"
"예, 어머니."
승려는 얼른 방 안으로 들어서서는 방문을 닫았다.
"절 받으십시오, 어머니."
아낙은 손을 저으며 말렸다.
"절은 무슨…… 그래, 그래, 그만 되었으니 이, 이리 아랫목으로 앉기나 하거라."
만류하는 아낙에게 절을 올린 승려가 아낙이 권하는 대로 자리에 앉았다.
승려는 자리에 앉자마자 어머니의 얼굴을 쳐다보았다.
"어머니께선 저를 알아보시겠습니까?"
아낙도 승려의 얼굴을 쳐다보았다.
"알아보다 마다! 몸도 컸고 목소리도 변해서 어른이 다 되었

다마는 어미가 널 어찌 몰라보겠느냐?"

 승려가 떨리는 목소리로 말했다.

 "소승, 어머니 곁을 떠나 절에 들어간 지 어언 십 년이 되었습니다."

 아낙 역시 떨리는 목소리였다.

 "······ 그래······ 세월이 벌써 그렇게 흘렀구나. 헌데 저녁은 아직 먹지 못했지? 내가 금방 나가서 지어 오마."

 아낙이 일어나서 밖으로 나가려 하자, 승려가 말렸다.

 "아니옵니다, 먹고 왔습니다. 그, 그보다도 어머니······."

 승려는 무슨 말인가를 하려다가 아낙의 얼굴을 쳐다보았다.

 "······ 그래······ 무슨······ 말이더냐?"

 "저, 내일 모레에 중국 땅으로 들어갈까 합니다."

 아낙이 의아한 표정으로 물었다.

 "중국에는 왜?"

 "우리나라 사신들이 중국으로 들어간다 하니 그분들의 뒤를 따라갈 작정입니다."

 "대체 무슨 일로 중국엘 간다는 게냐, 그래?"

 승려는 잠시 아낙의 눈치를 살피다가 말했다.

 "아버지를 만나려구요."

 아낙의 눈이 휘둥그레졌다.

"무엇이? 아버지라니?"

"중국에 계신다는 제 아버지 말씀입니다요."

아낙의 표정이 굳어졌다.

"안된다."

"안된다니요?"

아낙은 차갑게 말했다.

"안된다면 안되는 줄 알아라."

그러자 승려가 아낙에게 간청했다.

"어머니께선 벌써 잊으셨습니까요? 어머니는 저에게 약조를 하셨었어요. 제가 나이를 먹고 철이 들면, 그땐 아버지가 누구신지 자세히 알려 주시겠다구요."

아낙이 가볍게 한숨을 토해냈다.

"이제 와서 아버지가 누군줄 알면, 그 분을 찾아가서 대체 어찌 하겠다는 말이더냐?"

"어찌 하겠다는 말씀이 아니구요, 어머니……"

아낙의 나무라는 듯한 목소리가 이어졌다.

"절밥을 십 년이나 넘게 먹었으니 이젠 의젓한 스님이 되어 있을 줄 알았다. 헌데 너는 외모만 스님이 되었지 생각은 십 년 전 그대로이구나."

승려가 말했다.

"전 어렸을 적부터 묵호자라고 놀림을 받으면서 자랐습니다. 묵호자, 묵호자, 묵호자란 말이 무슨 말인지 잘 아시겠지요? 얼굴 검은 뙤놈 자식! 동네 아이들도, 동네 어른들도 저를 그렇게 불렀습니다. 얼굴 검은 뙤놈 자식! 거기에다 애비 없는 뙤놈 자식……"

아낙이 한숨을 토해내며 말했다.

"…… 그래…… 그래서 이 에미는 내 자식이 그렇게 놀림을 받고 사느니, 차라리 불도에 입문해서 만백성이 우러러보는 훌륭한 스님이 되어주길 바랬다. 그래서 너를 절에다 데려다 준 것이야."

승려가 고개를 끄덕이며 말했다.

"알고 있습니다, 어머니. 저는 그러나 그동안 불도를 깊이 닦지 못했습니다. 내 아버지는 대체 어느 나라 누구인가, 내 몸뚱이는 왜 이렇게 검은색인가, 나는 대체 어떤 인연으로 이 세상에 태어났는가, 이 한 가지 번뇌 망상에서 잠시도 벗어나질 못했습니다."

아낙이 승려를 물끄러미 쳐다보았다.

"에미를 원망하고, 아버지를 원망하면서 십 년을 허송세월했단 말이구나."

승려가 고개를 떨구었다.

"…… 그런 셈입니다, 어머니."
"원망하는 마음으로는 바느질도 제대로 아니되는 법이거늘 그래가지고 감히 어찌 불도를 닦는단 말이겠느냐?"
승려가 아낙에게 바짝 다가가서 앉으며 애원했다.
"그래서 이렇게 어머니를 찾아뵈었습니다. 제발 저에게 말씀을 해주십시오. 제 아버지는 어느 나라 누구이시며, 지금 어디에 살고 계십니까?"
아낙이 답답하다는 듯이 말했다.
"출가 수행자는 살고 있던 속가도 버리고, 알고 있는 부모형제마저도 버려야 한다고 들었다. 그런데 너는……."
아낙의 말이 채 끝나기도 전에 승려가 말했다.
"차라리 소상히 알고 나면 그땐 버릴 수도 있을 것이요, 잊을 수도 있을 것이옵니다. 하오니 제발 말씀해 주십시오."
그러나 아낙은 한동안 대답이 없었다.
얼마나 시간이 흘렀을까, 바깥에서는 바람 소리만 들려왔다.
승려가 침묵을 깨뜨렸다.
"어머니!"
아낙이 가만히 눈을 들어 승려의 얼굴을 응시했다.
눈에는 눈물이 가득 고여 있었다.
"…… 그래, 십 년 세월을 허송시켰으면 이 에미의 잘못이 참

으로 크구나."
 승려가 아낙의 얼굴을 뚫어질듯이 바라보며 말했다.
 "하오면, …… 말씀해…… 주시겠습니까?"
 "……그래, 내가 이제 너에게 더 이상 무엇을 감추겠느냐! 네 아버님이 어느 나라 어떤 분이시며, 내가 네 아버님을 어떤 인연으로 만나뵙게 되었는지를 소상하게 말해주마. 그 대신……."
 아낙은 다짐하듯 아들을 쳐다보았다.
 "예, 어머니"
 아낙이 떨리는 목소리로 말했다.
 "결코 네 아버님을 원망하는 일은 없어야 할 것이다."
 승려가 대답했다.
 "…… 예. 결코 원망하진 않겠습니다, 어머니."
 밤은 깊어 삼경이라, 찬 바람 소리만 세차게 울리는데, 어머니는 한동안 말이 없었다.
 승려가 다시 채근했다.
 "…… 어머니."
 어머니는 천천히 입을 열었다.
 "…… 그래…… 나는 그때 궁녀의 몸이었다. 하루는 중국 위나라에서 사신들이 왔는데, 나는 나라의 명을 받고 사신 가운데 한 분의 시중을 들게 되었구나. 얼굴빛은 좀 검은 편이었지만, 그 분이 어찌나 자상하시고 점잖으신지…… 그뿐이 아니었다. 그 분은 학식이 깊으시고 덕망이 높으셔서 사신 가운데서도 으뜸이셨어. 그때 그 분이 사신으로 머무는 동안 인연이 맺어졌던 것인데……."

아낙은 더 이상 말을 맺지 못하고 고개를 떨구었다.

승려가 물었다.

"하오면 아버지는 제가 태어난 걸 보고 떠나셨나요?"

아낙은 힘없이 고개를 설레설레 흔들었다.

"아, 아니다. 네 아버님은 내가 너를 갖게 된 것도 모르신 채 위나라로 돌아가셨다."

"아무 기약도 없이 말씀입니까?"

"사신과 시중드는 궁녀 사이였는데, 무슨 기약이 있을 수 있었겠느냐? 하지만 그 분은 떠나실 때 정표로 이 금전 두 닢을 옷고름에 묶어주고 가셨다."

이렇게 말하는 아낙의 손에는 반짝이는 금전 두 닢이 들려 있었다.

승려가 금전과 아낙의 얼굴을 어이없다는 듯 번갈아 쳐다보며 말했다.

"아니, 어머니께서는 바느질 품팔이를 하면서도 여태 이 금전 두 닢을 지니고 계셨단 말씀이십니까?"

아낙이 고개를 끄덕이며 말했다.

"내 이제 너에게 줄 것이니, 행여라도 중국에 가서 네 아버님을 천행으로라도 만나뵙게 되거든 이 금전을 보여드리거라. 그러면 당신의 아들인 줄 아실 것이다. 자, 맡아 두어라."

승려가 두 손으로 금전을 소중하게 받았다.

"함자는 기억하고 계시옵니까?"

어머니의 눈빛이 빛났다.

"어찌 그 함자를 잊을 수가 있겠느냐? 네 아버님은 성씨가 나 아자요, 가운데 자가 높을 굴자요, 끝자가 만질 마자였다."

승려가 또박또박하게 따라서 말했다.

"아, 굴, 마, 아굴마가 분명하옵니까?"

어머니가 고개를 끄덕였다.

"들리는 풍문에는 네 아버님은 지금 중국 위나라 조정에 대신이 되어 계신다고 하더라마는 자세한 소식은 알 길이 없었다."

승려가 다짐하듯 말했다.

"…… 잘 알았습니다. 제가 기어이 한 번 만나보고야 말겠습니다."

어머니가 승려에게 다시 한 번 다짐을 받듯이 말했다.

"하지만 나하고 한 약조를 잊어서는 안된다. 결코 네 아버님을 원망해서는 안된다."

 승려가 어머니를 쳐다보았다.

 "…… 약조는 물론 지키겠습니다만, 정말 어머니께서는 아버지를 조금도 원망하지 않으신단 말씀이시옵니까?"

 어머니가 천천히 말했다.

 "그 일은 그 분을 원망할 일이 아니었다. 전생의 인연으로 그리 되었지. …… 흥륜사 스님께서도 그렇게 말씀하셨어. 내 말을 잠시도 잊어서는 아니된다. 결코 네 아버님을 원망해서는 아니 될 것이야!"

 "…… 잘 알았습니다, 어머니. 아버지도 어머니도 원망하지 아니할 것이니 조금도 염려하지 마십시오."

 잠시후 어머니가 승려에게 다시 물었다.

 "그래, 정말로 중국에 들어갈 작정이냐?"

 승려가 고개를 끄덕였다.

 "만나뵙고나면 그동안 저를 사로잡았던 온갖 번뇌 망상이 사라질지도 모르겠습니다."

 "…… 그래…… 그래…… 가슴에 맺힌 일은 소원대로 풀도록 해야지……. 하지만 이 점 한 가지를 잊어서는 아니될 것이야"

 승려가 어머니를 쳐다보며 물었다.

 "…… 무슨…… 말씀이신지요?"

 "내가 너를 가질 때, 부처님의 광채를 받는 태몽을 꾸었다. 그러니 너는 어떤 일이 있어도 불도를 버려서는 아니될 것이야. 내 말 알겠느냐?"
 승려가 고개를 끄덕였다.
 "예 어머니, 명심하겠습니다."
 이렇듯 위나라 사신 아굴마와 고구려 궁녀인 고도령의 기구한 인연으로 태어난 승려가 바로 아도화상이었다.

## 2
## 아버지를 만나러 중국 땅으로

아도화상은 아버지를 만나기 위해, 위나라로 가는 고구려 사신의 뒤를 따라 중국 땅에 들어가게 되었다.
중국 땅에서 만난 관리가 아도화상을 불러 세웠다.
"잠깐, 당신 거기 서시오!"
"저 말씀이십니까?"
중국 관리가 아도스님을 위 아래로 살피며 물었다.
"그래, 바로 당신 말이오. 당신은 도대체 어디서 왔지?"
아도스님이 대답했다.
"고구려에서 왔습니다만……."
중국 관리가 의심스런 눈초리로 다시 물었다.
"당신 입고 있는 옷이 승복인데, 진짜 승려인가?"
아도스님이 별 것을 다 묻는다는 표정으로 말했다.

"승려가 아니라면야 무슨 까닭으로 이렇게 머리를 깎고 승복을 입었겠습니까?"

중국 관리가 다시 따지듯 물었다.

"그러면 고구려 승려가 우리 위나라에는 무슨 용건으로 들어왔지?"

"꼭 만나봐야 할 사람이 있어서 왔소이다만……."

중국 관리가 아도스님을 쳐다보며 물었다.

"꼭 만나야 할 사람이 있다니 대체 어디 사는 누구를 만나러 왔다는 말인가?"

관리의 그 물음에 아도스님의 목소리가 작아졌다.

"어디 사는지는 잘 모르겠지만……."

중국 관리는 기가 막히다는 표정이었다.

"무엇이라구? 어디 사는지도 모르는 사람을 만나러 왔어?"

아도스님이 고개를 끄덕였다.

"사는 곳은 자세히 모르겠소이다마는 아굴마라는 분을 찾아뵈러 왔소이다."

중국 관리는 아도스님을 자세히 쳐다보며 말했다.

"무엇이라구? 아굴마?"

"그렇소이다."

중국 관리가 되물었다.

"당신 방금 아굴마라는 분을 만나러 왔다고 그랬는가?"
"그렇대두요."
"무엇하는 사람인지 그것은 알고 있는가?"
아도스님이 자신없는 목소리로 말했다.
"자세히는 잘 모르겠소이다마는……."
중국 관리가 답답하다는 듯이 말했다.
"허허, 이런 수상한 고구려 사람을 보았는가! 어디 사는지도 모른다, 무엇하는 사람인지도 모른다?"
"옛날에 고구려에 사신으로 온 일이 있고, 풍문에는 높은 벼슬을 하고 있다는 아굴마라는 분을 찾아온 것이오."
중국 관리의 눈이 휘둥그레졌다.
"무엇이? 아니 그러면 당신이 아굴마 대신을 만나러 왔단 말인가?"
중국 관리의 입에서 아굴마 대신이라는 말이 나오자, 아도스님의 얼굴이 환하게 밝아졌다.
"바로 그렇소이다! 그분이 계신 곳으로 나를 좀 데려다 주시오!"

아도스님은 처음에는 자신을 이상하게 여겨 심문했던 중국 관리의 따뜻한 배려로, 아굴마 대신 앞에 마침내 나가게 되었다.

아굴마 대신이 아도스님을 쳐다보며 물었다.
"그래, 그대가 나를 만나보기를 원했다고 그랬는가?"
"그렇습니다."
아굴마 대신이 다시 물었다.
"대체 어디서 온 누구라고 그랬던고?"
아도스님이 또박또박 대답했다.
"예, 소승은 고구려 땅에서 왔사온데 대신께 감히 한 가지 여쭙고자 합니다."
고구려 땅에서 왔다는 승려가 자신에게 무엇인가를 물어보겠다고 하자, 아굴마 대신은 아도스님을 자세히 쳐다보았다.
아도스님이 서둘지 않고 침착하게 물었다.
"대신께서는 고구려 서울에 사신으로 가신 적이 있으신지요?"
"고구려에 사신으로 간 일이 있었느냐고?"
아굴마 대신은 잠시 생각하더니 대답했다.
"아, 그야 있었지."
아도스님이 따지듯 다시 물었다.
"하오면 그때 시중들던 궁녀를 기억하고 계시온지요?"
아도스님이 불쑥 던진 질문에 아굴마 대신은 아무 말도 못하고 한참동안 아도스님을 쳐다보기만 하였다.

"시중⋯⋯ 들던 궁녀라니?"
 아도스님이 떨리는 목소리로 말했다.
 "성씨는 고씨요, 이름은 도령이라는 궁녀 말씀입니다요."
 "⋯⋯ 고도령이라⋯⋯? 오 참, 그렇지. 말수가 적은 아주 참한 여인이었어. 헌데 그 궁녀의 일을 무슨 까닭으로 나한테 묻는고?"
 아도스님은 이글거리는 눈빛으로 아굴마 대신을 노려보았다.
 어머니의 일생을 망쳐버린 바로 그 장본인, 얼굴 검은 되놈 자식을 낳게 한 바로 그 사람, 그러나 아도스님은 이내 두 눈을 감아 버렸다.
 아도스님의 귀에는 어머니의 목소리가 들려오는 것이었다.

 '행여라도 네 아버님을 원망해선 아니된다. 일이 그렇게 된 것은 전생의 인연이었지, 그분의 잘못이 결코 아니었다. 넌 결코 그분을 원망해선 안돼! 원망해선 안돼!'

 그 모습을 이상하게 여긴 아굴마 대신이 물었다.
 "이것 보게, 젊은이. 무슨 까닭으로 고구려 궁녀의 일을 나한테 물었는가? 어서 말을 해 보게."
 아도스님은 아무런 말이 없이 그저 한숨을 토해내었다.

잠시후 아도스님이 침울한 목소리로 입을 열었다.
"…… 좋습니다, 말씀드리지요."
아굴마 대신이 다시 물었다.
"그 궁녀를 잘 알기라도 한단 말이던가?"
아도스님은 아굴마 대신을 똑바로 쳐다보며 대답했다.
"고도령이라는 그 궁녀가 바로 제 어머님이십니다."
아굴마 대신이 놀라며 말했다.
"무엇이라구? 그대의 어머니가 바로 그 궁녀라고?"
아도스님이 원망어린 눈빛으로 아굴마 대신을 쳐다보았다.
"저의 얼굴 빛깔과 모습을 보시면 제가 바로 누구의 자식인지도 짐작하실텐데요?"
아굴마 대신의 얼굴빛이 노랗게 변했다.
"무, 무엇이라구? 아, 아니 그러면……?"
아도스님의 목소리가 감정을 못이겨 흐느끼듯 떨려 나왔다.
"제 어머니는 저를 낳기도 전에 궁 밖으로 쫓겨나는 신세가 되었었지요."
아굴마 대신이 떨리는 목소리로 물었다.
"아니, 그러면 그대가 바로……"
아도스님이 얼른 말을 이었다.
"태어나면서부터 아비 없는 자식, 얼굴 검은 뙤놈 자식으로 손가락질을 받으며 자란 대신의 아들인 셈이지요."
 아굴마 대신은 입을 벌린 채 다물지를 못했다.
 "원 세상에 이런! 아니 그게 모두 사실이란 말인가?"
 "못 믿으시겠지요? 그러면 이것을 기억하시겠습니까?"
 아도스님은 금전 두 닢을 탁자 위에 조용히 내려놓았다.
 아굴마 대신이 탁자 위에 놓여진 금전을 물끄러미쳐다보았다.
 "이것이…… 무엇이던고?"
 아도스님은 아굴마 대신을 원망스럽게 물끄러미 쳐다보았다.
 "대신이 떠나실 적에 어머니 옷고름에 매달아 주고 가셨다는 금전 두 닢입니다."
 아굴마 대신은 탁자에서 얼른 금전을 집어 들여다 보았다.
 "오, 참 그렇구먼! 내가 준 그 금전이야. 그러고 보니 그대는 나의 아들임에 틀림이 없구먼. 어서 손을 내 앞으로 내밀어 보게!"
 아굴마 대신이 반갑게 말했으나, 아도스님은 완강히 고개를 저었다.
 "싫습니다!"
 아굴마 대신은 힘없이 고개를 끄덕이며 말했다.
 "…… 그래…… 날 많이 원망했겠지. 헌데, 어머니는 아직 살아계시는가?"

"궁 밖으로 쫓겨난 채 홀로 계십니다."

아굴마 대신은 눈을 들어 허공을 응시했다.

"내가 참으로 큰 죄를 지었구먼. 허나, 난 전혀 그런 줄도 모르고 그 일을 그만 까맣게 잊고 있었어. 나를 얼마나 원망했을고……"

아도스님이 말했다.

"나는 물론 원망했소이다. 아니, 원망하는 정도가 아니었지요. 어머니를 그렇게 만들고 나를 낳게한 그 사람이 대체 어떤 사람일까, 여태껏 그 생각만을 하고 살아왔으니까요. 하지만 어머니는, 어머니는 단 한 번도 원망하는 일이 없으셨습니다."

아굴마 대신은 그 말에 의외라는 표정을 지었다.

"…… 어머니가…… 날 원망하지 아니했단 말이던가?"

아도스님이 천천히 말했다.

"모든 게 다 전생의 인연일 뿐 대신께는 아무 잘못이 없다고 하셨지요."

"원, 저런! 그 말을 듣고 보니 참으로 내가 몸 둘 바를 모르겠구먼. 대체 내가 어찌 하면 좋단 말이던가!"

아도스님도 가볍게 한숨을 내쉬었다.

"…… 이제 다 소용 없는 일이지요…… 어머니는 이미 늙으셨고…… 나는 불도에 의탁한 몸…… 이제 와서 어찌 해달라고 찾아온 것은 아니니까요."
아굴마 대신이 물었다.
"...... 허면 나를 일부러 찾아온 까닭은 따로 없단 말이던가?"
아도스님이 아굴마 대신을 쳐다보았다.
"내 눈으로 한 번 뵙고 싶었지요. 여기 온 까닭은 오직 그것뿐입니다."
아굴마 대신은 고개를 흔들며 말했다.
"...... 참으로 할 말이 없구먼. 허나 기왕지사 내가 알게 된 일이니 속죄할 길을 찾아봐야겠어."
아도스님이 차분한 목소리로 말했다.
"이젠 모두가 지나간 일입니다. 막상 이렇게 뵙고 나니 마음이 아주 편해졌습니다. 이젠 아버지 일도, 어머니 일도 다 지워버리고 편안하게 불도를 닦을 수 있을 것 같습니다."
아굴마 대신이 말도 안된다는 표정을 지었다.
"아니될 소리! 아비와 자식이 이렇게 만났거늘, 어찌 이대로야 그냥 보낼 수 있단 말인가!"
아굴마 대신은 아들인 아도스님 앞에서 눈물을 흘리면서 참회하는 것이었다.
"내가 젊어서 혈기방장했던 까닭으로 남의 나라에 사신으로

가서 큰 죄를 지었으니 오늘 이렇게 그대를 만난 것은 인과응보라. 그동안 지은 죄를 다 갚아야 마땅할 것이니 내 곁에 머물면서 그 방도를 찾도록 해야지……."

아도스님이 고개를 저었다.

"아니옵니다. 소승 이제 미련도 원망도 다 사라졌으니 깊고 깊은 산속에 들어가 불도나 열심히 닦을까 합니다."

아굴마 대신이 큰 소리로 말했다.

"아니될 소리! 아니될 소리! 결코 이대로는 보내지 아니할 것이야!"

처음 만나보는 자식 앞에서 참회의 눈물을 흘리는 아굴마 대신을 보자, 아도스님은 그만 그가 측은한 생각이 들었다.

그토록 원망했고, 그토록 미워했던 바로 그 사람 아굴마 대신이 자신의 생부임을 확인하고나니 이상하게도 아도스님의 마음 속에서는 원망도 미움도 씻은듯이 사라지고, 천 근 만 근 짊어지고 있던 무거운 짐을 일시에 내려놓은 듯 가슴 속이 후련하고 가벼워지는 것이었다.

아도스님의 얼굴은 잔잔한 호수처럼 평온해졌다.

아굴마 대신이 아도스님을 쳐다보며 입을 열었다.

"이것 보아."

"예, 말씀하십시오."

"기왕지사 아비와 자식 사이임이 분명해졌으니 내 아들로 부르고 싶구먼."

아도스님이 더듬거리며 대답했다.

"…… 그야 뜻대로 하십시오마는……."

아굴마 대신이 아도스님을 겸연쩍게 쳐다보며 말했다.

"부끄러운 말이기는 하나, 어머니 안부가 몹시 궁금하니 자세히 얘기해 다오. 대체 지금은 어찌 지내고 있는지……?"

"평양 성 밖 초가에서 불도에 의지하여 홀로 살고 계십니다."

아굴마 대신이 걱정스럽게 물었다.

"허면, 호구지책은 어찌 하고 있더란 말인고?"

아도스님이 대답했다.

"바느질 솜씨가 빼어나신 덕으로 끼니는 거르지 아니 하신다 하셨습니다."

아굴마 대신이 다시 물었다.

"그러면 나를 만나러 떠나올 적에 달리 전하는 말은 없었느냐?"

"그야 있었지요."

아굴마 대신이 급히 물었다.

"그래, 뭐라고 그러던고?"

"저에게 두 번 세 번 당부하시기를 '너의 아버님은 참으로 학

식이 깊으시고 덕망이 높으신 빼어난 선비이셨어. 이 에미와 일이 그렇게 된 것은 전생의 인연 탓이지 네 아버님의 잘못이 결코 아니었어. 행여라도 살아계시어 만나뵙게 되더라도 너는 절대로 원망하는 마음으로 자식의 도리를 저버려서는 아니될 것이다. 내 말 알겠느냐?' 이렇게 다짐하시면서 바로 이 금전 두 닢을 내어 놓으셨지요."

아굴마 대신이 고개를 끄덕였다.

"…… 그래…… 그랬었구먼…… 잠시 동안이었지만 네 어머니는 참으로 착한 마음을 지닌 그런 여인이었어. 나 때문에 그렇게 일생을 망치고도 원망을 아니했다니, 참으로 얼굴 들기가 부끄럽구나."

아도스님이 계속해서 말을 이었다.

"어머니께서는 혼인도 아니한 몸으로 얼굴 검은 자식을 낳았으니, 세상 사람들의 손가락질도 많이 받았고 천대도 당했습니다만, 그래도 어머니는 한밤에 소리 죽여 눈물만 흘리실 뿐, 세상 한 번 원망하는 일도 없으셨습니다."

아굴마 대신이 괴로운 표정으로 말했다.

"…… 그만, 그만……. 참으로 내가 몹쓸 사람이었다. 세상에 원, 나는 그런 것도 모르고 까맣게 잊고 살았으니, 대체 그동안 지은 죄를 무엇으로 다 갚는단 말이던고! 헌데, 행여라도 날 만나게 되거든 어찌어찌 해주면 좋겠다는 그런 부탁은 없었느냐?"
아도스님이 가만히 고개를 저었다.
"부탁은 아무것도 없으셨습니다."
아굴마 대신이 다시 물었다.
"어찌어찌 해주면 좋겠다는 그런 부탁의 말 한 마디도 정녕 없었더란 말이냐?"
아도스님은 얼굴을 꼿꼿이 들고 완강히 말했다.
"어머니는…… 그런 분이 아니십니다."
"…… 그래, 내 무슨 말인지 잘 알아 들었다. 오늘은 고단할 것이니 그만 객사에 가서 편히 쉬도록 해라."
아도스님은 생부의 말대로 객사로 물러나와 하룻밤을 지내게 되었는데, 그 다음날이었다.
아도스님의 생부인 아굴마 대신이 객사로 아도스님을 찾아왔다.
"내 방금 임금님의 부름을 받고 임금님을 알현하고 나오는 길이니라."
"예."
"고구려에서 아들이 나를 찾아왔다는 소문이 궁 안에 퍼져서 임금님이 이 소문을 들으셨던 게야."

아도스님이 놀라서 물었다.
"임금님이 아셨다구요?"
아굴마 대신이 고개를 끄덕였다.
"그래. 그래서 이실직고해 올렸더니 임금님께서도 쾌히 허락하시고 너를 나의 대를 이을 아들로 삼으라 하셨다."
아도스님이 그말에 고개를 저었다.
"하오나 저는 이미 삭발출가한 몸이옵니다."
아굴마 대신이 아도스님을 쳐다보며 말했다.
"이것 보아라. 나는 그동안 여식만 셋을 두었을 뿐, 대를 이을 아들이 없었느니라."
아도스님이 물었다.
"그러니 저를 호적에 입적시키시겠다 그런 말씀이십니까?"
아굴마 대신이 고개를 끄덕였다.
"임금님께서도 그렇게 말씀하셨다. 없던 아들이 찾아왔으니, 이는 실로 잘된 일이라고 말이다."
아도스님은 완강하게 고개를 저었다.
"아니되십니다"
아굴마 대신이 답답하다는 듯 말했다.
"아니될 일이 무엇이 있겠느냐? 너와 나는 아들과 아비 사이가 분명한 일, 게다가 임금님께서도 기뻐하시고 흔쾌히 허락하셨으니 너는 이제부터 이 아굴마 대신의 장자로서 장차 우리 집안의 대를 이어야 할 것이요, 학문을 닦아 벼슬길에도 올라야 할 것이 아니겠느냐?"

아굴마 대신이 이렇듯 간곡히 말을 했지만 아도스님의 대답은 한결같았다.

"그것만은 아니될 일이옵니다."

아도스님을 쳐다보는 아굴마 대신의 얼굴에는 섭섭함이 역력했다.

"무슨 까닭으로 아니된다 하는고?"

아도스님이 또박또박 말했다.

"저는 분명히 고구려 백성이거늘 감히 어찌 중국 사람의 가문을 이을 수가 있겠습니까?"

아굴마 대신은 기가 막힌 표정이었다.

"허허, 이게 대체 무슨 소리던고! 너는 분명 이 아굴마의 자식이 틀림없거늘 아굴마의 자식이면 중국 사람이지 어찌해서 고구려 백성이란 말이더냐?"

"저는 고구려에서 태어났고, 고구려에서 뼈가 굵었으며 고구려 어머니의 자식이었지, 중국 위나라 사람의 자식으로 자라지 아니했습니다. 그리고 또 한 가지……."

아굴마 대신이 다급하게 물었다.

"또 한 가지 무슨 까닭이라도 있다는 말이더냐?"

"저는 이미 떠나올 적에 어머니와 약조를 하고 왔기로 그 약조를 저버릴 수가 없사옵니다."

그러나 딸만 셋을 두고 있던 아굴마 대신은 스스로 찾아온 아들을 놓치지 아니하려고 애가 닳았다.

"이것 보아라, 네가 아무리 고구려 여인을 어머니로 해서 고구려 땅에서 태어났다 하더라도, 그 아비가 나이고 보면, 너는 어김없는 중국 사람이니 우리 가문을 잇지못할 까닭이 없거니와, 네 어머니와 대체 어떤 약조를 하고 왔기에 내 자식으로 입적할 수 없다는 말이더냐?"

아도스님이 조용한 목소리로 말했다.

"제가 어머니와 작별하고 떠나올 적에 어머니께서는 이렇게 다짐하셨습니다. '너는 이것 한 가지만은 명심해야 한다. 나는 부처님 광명을 온몸에 받아들이는 태몽을 꾸고 너를 갖게 되었다. 나는 네가 이 속세에서 얼굴 검은 되놈 자식으로 놀림을 받으면서 천덕꾸러기가 되는 대신, 덕 높으신 큰 스님이 되어 이 세상 고해 중생을 제도해주는 그런 분이 되어주기를 부처님께 빌면서 너를 절에다 데려다 주었다. 그리고 늘 소원했지. 내 아들이 반드시 덕 높으신 큰 스님이 되어주십사 하고 말이다. 이 어미에게 만일 그런 소원이 없었더라면 나는 이미 치마폭을 뒤집어쓰고 대동강 강물에 몸을 던지고 말았을 것이다. 너는 어떤 일이 있어도, 어떤 일이 있어도, 불도를 저버리지 말거라. 이 어미의 소원은 오직 그것 한 가지 뿐이다.'"
아도스님은 잠시후 다시 입을 열었다.
"그래서 저는 그때 이미 약조를 했습니다. 어떤 일이 있어도 결코 불도를 저버리지는 아니하겠다고 말씀입니다."
아굴마 대신이 다시 간청했다.
"그, 그래도 그렇지. 그때 한 약조야, 아 아비를 만나기 전에 한 것이고 이제는 사정이 달라지지 않았느냐?"
아도스님이 냉정하게 말했다.
"원래 없던 아버지요, 원래 없던 아들이니 만나지 아니한 셈으로 치면 편할 것이옵니다."
아굴마 대신이 섭섭한 목소리로 말했다.
"아니 그러면 너는 정녕, 네 어머니와 맺은 약조만을 지키기 위해서 이 아비의 가문은 끊어져도 좋단 말이더냐?"
아도스님이 아굴마 대신을 쳐다보았다.
"고정하십시오. 한 가문을 잇는 일도 소중하다 하겠사오나, 한 가엾은 여인네의 소원을 저버릴 수는 없는 일, 아버지와 아들이 이 대에 걸쳐서 한 여인의 가슴에 못을 박을 수는 없는 일 아니겠습니까?"

　아굴마 대신은 그 말에 할 말을 잊고 그저 아도스님의 얼굴만 쳐다보았다.
　"그, 그 말은 열 번 백 번 옳은 말이다마는, 네 어머니에 대해서는 내가 달리 도와줄 방도가 있을 것이야. 비단도 보내줄 수가 있고, 금전도 보내줄 수가 있을 것이고, 번듯한 집도 새로 한 채 지어줄 수 있을 것이고……."
　아도스님이 고개를 저었다.
　"제 어머니이신 그 가엾은 여인네는 비단도, 금전도, 새 집도 바라지 아니 하십니다. 놀림을 받고 울어대던 이 천덕꾸러기 아들이 보란듯이 큰 스님이 되어 이 세상 고해중생을 제도해 주기만을 두 손 모아 빌고 있을 뿐이옵니다."
　아굴마 대신이 말했다.
　"그, 그래……. 네 어머니를 생각하면 내가 더 이상 무슨 말을 할 수 있겠느냐마는…… 허면, 마지막으로 내 소원 한 가지만 들어주겠느냐?"
　아도화상이 아굴마 대신을 쳐다보며 물었다.
　"…… 무슨…… 말씀이신지요?"
　"지금 곧 나와 함께 가서 어떤 사람을 한 번 만나만 주면 되는 일이다."
　아도스님이 고개를 끄덕였다.

"어떤 사람인지는 모르겠사오나 그거야 어려운 일이 아니니 기꺼이 분부대로 하겠습니다."

아굴마 대신은 그래도 미련을 버리지 못한 채 아도스님을 데리고 당시 중국에서 가장 유명한 관상도인을 찾아가 아들의 관상을 보아달라고 부탁했다.

아굴마 대신의 아들로 입적하면 큰 벼슬길이 활짝 열리겠다는 말이라도 듣게 되면 생각이 달라지지 않을까, 그것을 기대했던 것이다.

그런데 그 유명한 관상도인은 아도스님을 보자마자 이렇게 말하는 것이었다.

"허허허, 이 젊은 분의 관상은 더 이상 자세히 볼 것도 없소이다."

아굴마 대신이 궁금하여 서둘러 물었다.

"아니 대체 관상이 어떻길래 더 볼 것도 없다는 말씀이시오? 벼슬길이라도 활짝 열려 있단 말씀이시오?"

관상도인이 고개를 갸우뚱거리며 대답했다.

"글쎄올시다…… 이런 것을 벼슬길이라고 할 수 있을지 모르겠소이다마는……."

아굴마 대신이 재촉하여 물었다.

"그래 대체 그 벼슬이 어디까지 이르겠소이까?"

"내가 말씀드린 벼슬길은 대신, 정승에 이르는 그런 벼슬길이 아니라 그보다도 더 크고 높은 출세간의 벼슬을 이름인데……."

아굴마 대신이 관상도인의 그 말에 고개를 갸우뚱하였다.

"…… 출세간의 벼슬이라니요?"

"산속에 들어가 불도를 닦으면 장차 그 이름을 천 년 만 년 떨칠 그러한 관상이시오."

아굴마 대신의 얼굴에 순간 실망의 빛이 역력히 나타났다.

"아니 그러면 기어이 출가 수행자가 되어야 할 그런 관상이란 말씀이시오?"

관상도인이 천천히 말했다.

"관상을 보아하니 그렇다는 말입지요. 하기야 정승 관상을 가지고도 걸인이 되는 사람이 있고, 부처 관상을 가지고도 도적이 되는 사람도 있으니 세상만사 모두가 저 할 탓 아니겠습니까요?"

# 3
## 승명을 아도라 하여라

 당시 중국에서 제일 가는 관상도인이 아도스님의 관상을 보자마자 불도를 닦으면 장차 천 년 만 년 그 이름을 떨칠 관상이라고 단언하고 말았으니, 아굴마 대신은 더 이상 할 말이 없었다.
 아굴마 대신은 이러한 자초지종을 임금께 아뢰고 아도스님을 아들로 입적시켜 가문의 대를 잇게하려던 자신의 뜻을 단념하게 되었다.
 아굴마 대신의 말을 들은 임금이 말했다.
 "허허, 거 듣고보니 관상도 관상이려니와 한 가엾은 여인네의 소원을 저버릴 수 없다는 그 효성이 지극하니, 제 아무리 가문을 잇는 일이 중하다 하나 어찌 천륜을 어기고 불효를 저지르면서까지 대를 이으라 할 수 있으리오. 내 그 갸륵한 효심

을 가상히 여겨 그 아이가 바라는 대로 출가 수행을 허락할 것이요, 중국의 승려 신분을 득하게 할 것이니 내 친히 그 아이에게 도첩을 내리겠소. 아버지에게서는 성 자를 따고, 어머니에게서는 첫이름을 빌어 승명을 아도라고 할 것이니라."

아버지 아굴마 대신의 아 자와 어머니 고도령의 도 자를 따서 아도라 명명하니 그 이름 또한 아버지와 어머니의 기구한 인연을 그대로 담아 지은 셈이다.

이렇게 해서 아도스님은 중국의 승려 신분을 인정하는 도첩을 임금으로부터 받고 당시 중국에서 최고의 고승으로 승풍을 드날리던 현창화상의 문하에 들어가게 되는 행운을 얻게 되었다.

아도스님을 본 현창화상이 물었다.
"그대는 과연 어디에서 온 누구라고 하던고?"
"예, 고구려 해동국에서 온 아도라 하옵니다."
"아도라고 하면, 무슨 자, 무슨 자를 쓰던가?"
아도스님이 공손하게 대답했다.
"예, 나 아 자에 길 도 자이옵니다."
"아도(我道)라…… 나를 찾는 길이 곧 불도에 이르는 길이니 승려의 법명으로는 아주 좋은 이름이로구나. 헌데 고구려에서는 무엇이라고 불렀던고?"

아도스님이 대답했다.

"예, 얼굴 검은 중국 사람 자식이라 하여 묵호자(墨胡子)라 불리웠었습니다."

현창화상의 입가에 웃음이 떠올랐다.

"묵호자라…… 허허허허…… 어렸을 적에는 아버지와 어머니를 꽤나 원망하면서 자랐겠구나."

아도스님이 작은 목소리로 대답했다.

"…… 예."

현창화상이 아도스님의 안색을 살피며 조심스럽게 물었다.

"특별한 인연으로 태어난 것을 지금도 원망하고 있느냐?"

아도스님이 얼른 대답했다.

"아, 아니옵니다. 이제는 미움도 원망도 다 잊었사옵니다."

현창화상은 고개를 끄덕인 후 아도스님에게 다시 물었다.

"절밥 먹은 냄새가 물씬 나는 얼굴이려니와 대체 절밥은 얼마나 먹었던고?"

아도스님이 대답했다.

"예, 곡식 낱알을 일일이 다 헤아리자면 황하의 모래알 수 만큼은 될 것이옵고, 밥그릇을 포개어 쌓는다면 태산보다도 더 높을 것이옵니다."

현창화상이 아도스님의 얼굴을 뚫어져라 쳐다보았다.

"참으로 당돌한 대답을 하고 있구나."

"…… 용서하십시오. 몇 년이나 절밥을 먹었느냐고 묻지 아니하시고, 얼마나 먹었느냐 하문하셨기에 그리 대답을 올렸사옵니다."

그 말에 갑자기 현창화상이 크게 웃었다.

아도스님은 영문을 몰라 현창화상의 얼굴만 물끄러미 쳐다보았다.

"하하하하- 너는 세 가지 복을 크게 타고 났으니 그 세 가지 복이 무엇인줄이나 알고 있느냐?"

아도스님이 대답했다.

"예, 첫째는 이 세상에 태어나되 사람의 몸으로 태어나기가 실로 맹구우목이라, 바로 삼천 년 만에 한 번 바다 위로 떠오르는 눈 먼 거북이가 구멍 뚫린 나무 판자를 만나는 것 만큼이나 어렵다고 했거늘, 그 어려운 사람의 몸을 얻어 태어났으니 가장 큰 복인줄로 아옵니다."

현창화상이 고개를 끄덕였다.

"그 다음은 또 무슨 복이던고?"

"예, 사람으로 태어나되 사내 대장부로 태어났으니, 그 또한 큰 복인줄로 아옵니다."

현창화상이 또 물었다.

"허면, 그 다음 복은 또 무엇이던고?"

"예, 사내 대장부로 태어났으되 부처님 정법을 만나기가 어려운 일이거늘, 부처님 정법을 제대로 배우게 되었으니 이 또한 가장 큰 복인줄로 아옵니다."

현창화상이 고개를 끄덕인 후 다시 물었다.

"허면 복 가운데 가장 큰 복 세 가지를 이미 다 가졌거늘 달리 또 구할 것이 무엇이 있더란 말이냐?"

아도스님이 대답했다.

"마지막 밥그릇을 얻기는 얻었사오나, 어떻게 먹어야 하는지를 아직 모르오니 하교하여 주시옵소서."

현창화상은 갑자기 주장자로 아도스님을 내리치는 것이었다.

아도스님은 흠칫 놀라서 현창화상을 바라보았다.

"한 방 분명히 맞은 줄을 알겠느냐?"

"예, 스님."

"허면 또 한 가지 물을 것이니라."

"예."

"장차 불도를 닦아서 쓸 것이냐, 버릴 것이냐? 쓴다고 해도 한 방 맞을 것이요, 버린다고 해도 한 방 맞을 것인즉, 어서 일러라. 버릴 것이냐, 쓸 것이냐?"

아도스님이 대답했다.
"쓰지도 아니하고 버리지도 아니할 것입니다."
현창화상이 다시 주장자로 내리쳤다.
"오늘부터 내 너를 아도수좌라 부를 것이니라."
아도스님은 감격하여 고개를 숙이며 말했다.
"문하에 거두어 주시니 고맙습니다, 스님."
드디어 아도스님은 당대 중국에서 최고의 스님인 현창화상의 제자가 된 것이었다.
그날밤 아도스님은 고구려 땅에 계신 어머니를 향해 큰 절을 올렸다.

'어떤 일이 있어도, 어떤 일이 있어도, 너는 결코 불도를 저버려서는 아니될 것이다!'
아도스님의 귀에 다시 어머니의 목소리가 들려왔다.
"명심하고 있사옵니다, 어머니. 소승, 오늘에야 저의 갈 길을 제대로 들어섰사옵니다. 기뻐하십시오."
아도스님은 고개를 끄덕이며 마치 어머니가 앞에 계신 것처럼 말했다.

아도스님은 현창화상의 제자가 된 뒤 그야말로 본격적인 불도 수행에 진력하게 되었다.
 현창화상은 출가 수행자의 본분이 무엇인가부터 철저하게 가르쳐 나갔다.
 어느날 아침, 현창화상이 아도스님을 불렀다.
 "이것 보아라, 아도야."
 "예."
 "어떤 사람이 뛰어난 어부가 되고자 하면 무엇부터 배워야 하겠느냐?"
 아도스님이 대답했다.
 "예, 뛰어난 어부가 되고자 하면 첫째는 그물 만드는 법부터 배워야 할 것이옵니다."
 "허면, 그물 만드는 법을 배우고 난 다음에는 무엇을 배워야 할 것인고?"
 "예, 그물 던지는 법을 배워야 할 것이옵니다."
 현창화상이 다시 물었다.
 "그러면, 그물 던지는 법을 배운 뒤에는 또 무엇을 배워야 할 것이냐?"
 "예, 그건 저, 그 다음에는 어디다 그물을 던져야 하는지를 배워야 할 것이옵니다."
 현창화상은 계속해서 질문하였다.

"그래, 그렇게 그물 만드는 법을 배우고, 그물 던지는 법을 배우고, 어디다 그물을 던져야 하는가를 다 배웠다. 그러고나면 이제 무엇을 해야 할 것이던고?"

아도스님이 대답했다.

"배운대로 바다나 강으로 나가 그 그물을 배운대로 던져서 고기를 잡아야 할 것이옵니다."

현창화상이 아도스님을 쳐다보며 물었다.

"허면, 그 사람이 그물 만드는 법, 그물 던지는 법, 어디다 그물을 던져야 하는가를 배운 것은 그 목적이 어디에 있다고 해야 옳겠느냐?"

"예, 고기를 잡는데 그 목적이 있다 해야 옳을 것이옵니다."

"헌데 어부가 되어 고기를 잡기 위해 그물 만드는 법을 배우고, 그물 던지는 법을 배우고, 그물을 어디다 던져야 하는지를 다 배운 사람이, 막상 그 기술을 다 배운 뒤에는 고기 잡을 생각은 아니하고 빈둥빈둥 놀기만 하고, 바다나 강에는 가지 아니하고 들판이나 산속으로 쏘다닌다면, 너는 그 사람을 제대로 된 사람이라고 할 수 있겠느냐?"

아노스님은 현창화상을 쳐다보며 얼른 대답하지 못했다.

"…… 아니옵니다. 제 정신을 잃어버린 사람이라 할 것이옵니다."

현창화상이 아도스님을 똑바로 쳐다보며 말했다.
"출가 수행을 하는 것도 그와 같은 이치라 할 것이니, 대체 무엇을 하기 위해서 출가 수행을 한다고 하겠느냐?"
아도스님이 대답했다.
"예, 저 그것은 불도를 닦기 위해서 이옵니다."
현창화상이 다시 물었다.
"허면, 무엇을 하려고 불도를 닦느냐고 물으면 너는 대체 무엇이라고 대답하겠는고?"
아도스님이 더듬거리며 대답했다.
"…… 그, 그것은…… 도를 깨치기 위해서 이옵니다."
현창화상은 아도스님을 쳐다보며 계속해서 물었다.
"도를 깨쳐서 어디에 쓸려고?"
아도스님은 그만 말문이 막히고 말았다.
"저, 그건 저……"
현창화상의 주장자가 날아왔다.
"어부가 되려는 근본은 고기를 잡자는 데 있다. 허면, 출가 수행하는 근본은 대체 무엇이더냐?"
아도스님은 어떻게 대답을 해야 할 지 도무지 알 수가 없었다.
"…… 예, 저 그것은……"

아도스님이 대답을 못하자, 현창화상이 말했다.

"상구보리하고 하화중생하는 데 있다 하셨음이니, 위로는 부처님의 진리를 깨달아 널리 중생을 제도함에 있으니, 부처님의 진리를 깨닫는 것은 그물을 만들고, 그물 던지는 법을 배우는 것이요, 하화중생은 곧 고기를 잡는 일에 비할 수 있는 것, 너는 대체 어찌 생각하느냐? 하화중생, 곧 중생을 널리 제도하자면 무엇부터 해야 할 것인고?"

아도스님이 작은 목소리로 대답했다.

"…… 예, 그물 만드는 법, 그물 던지는 법, 그것부터 제대로 배워야 할 것이옵니다."

비로소 현창화상의 얼굴에 웃음이 감돌았다.

"바로 말했느니라. 헌데 상구보리, 즉 부처님 진리를 깨닫는 데는 세 가지 부처님 법을 통달해야 하나니, 무엇이 세 가지 부처님 법인고? 그것은 계, 정, 혜, 삼학이라 할 것이니, 계는 부처님이 정하신 계율이요, 정은 부처님 마음의 경지요, 혜는 부처님의 지혜이니 무릇 수행자는 이 세 가지 부처님 법을 배우기를 게을리 해서는 아니될 것이다!"

아도스님이 대답했다.

"예, 스님. 명심하겠습니다."

현창화상이 다시 일렀다.

"계, 정, 혜, 삼학을 부지런히 닦고 닦아 진리를 깨우친 다음에는 어부가 그물을 던져 고기를 잡듯이, 깨달은 그 부처님 진리를 반드시 중생을 제도하고 중생을 이롭게 해야 할 것이니, 계, 정, 혜, 삼학을 닦고도 중생 제도에 나서지 아니하면, 이는 농사를 짓지도 아니하고 곡식만 축낸 밥도적에 불과할 것이니라. 내 말 알아들었느냐?"

아도스님이 대답했다.

"예, 명심하겠습니다."

현창화상은 특히 중생을 제도하고 중생을 이롭게 해주기 위해서 불도를 닦는 것이라 누누이 다짐하는 것이었다.

현창화상의 이 가르침이야말로 바로 고구려에 계시는 어머니의 소원과도 일치하는 것이어서 아도스님은 신심이 저절로 용솟음치는 것이었다.

아도스님은 눈을 감고 어머니의 말씀을 생각했다.

'이 에미의 소원은 오직 한 가지, 네가 어서 덕 높으신 큰 스님이 되어서 이 세상 고해 중생들을 구해주는 일이다! 부자가 되는 것을 바라지도 아니하고, 벼슬길에 오르는 것도 바라지 아니하고, 오직 에미의 소원은 내 아들이 덕 높으신 큰 스님이 되어서 이 세상 고해 중생들을 제도하는 것이야.'

　아도스님은 어머니에게 들리기라도 하는 듯 큰 목소리로 말했다.
　"…… 알고 있습니다. 소승, 반드시 부처님 진리를 깨달은 뒤에 이 세상 고해 중생들을 다 건지오리다."

# 4
## 사람으로 태어난 것을 감사해라

아도스님은 이렇게 당대 중국 최고의 고승 현창화상의 문하에서 경을 읽고 계율을 익히며 참선 공부를 열심히 닦아나가고 있었다.

하루는 현창화상이 아도스님을 불러 앉혔다.

"이것 보아라, 아도수좌. 벌써 몇 년이 되었구나."

"예, 스님."

"부처님의 경은 부처님의 말씀이니 한 구절 한 자도 놓침이 없어야 한다고 일렀거니와 글자에만 정신을 빼앗기면 그 뜻을 알 수가 없다고 했느니라."

아도스님이 고개를 끄덕이며 대답했다.

"예, 소승 명심하고 있사옵니다."

"허면 내 오늘 몇 가지 물을 것인즉 어디 한 번 일러 보아

라."

"예, 스님."

"부처님께서 사십이장경에 이르시기를, 중생은 열 가지 선을 이루기도 하고, 또한 열 가지 악을 짓기도 한다고 하셨느니라."

"예."

"허면 대체 부처님께서는 무엇무엇으로 어떤 선을 이루고, 무엇무엇으로 어떤 악을 행한다고 이르셨던고?"

"예, 선도 열 가지요, 악도 열 가지이온데, 몸으로 세 가지 악을 짓고, 말로써 네 가지 악을 지으며 생각으로 세 가지 악을 짓는다 하셨으니, 몸으로 짓는 세 가지 악은 첫째 산 목숨을 죽이는 일이요, 둘째 남의 물건을 훔치는 일이요, 셋째 음란한 짓을 하는 일이옵니다."

"그러면 입으로 짓는 악한 행동은 과연 무엇무엇이더냐?"

"예, 말로 짓는 네 가지 악행은 그 첫째가 이간질을 시키는 말이요, 그 둘째는 악담을 퍼붓는 일이요, 그 셋째가 거짓말을 하는 것이요, 그 넷째가 당치않게 말을 꾸며대는 것이니, 보는 데서 칭찬을 하고 돌아서서는 흉을 보는 짓이라 하겠사옵니다."

현창화상이 다시 물었다.

"허면 그 다음, 생각으로 짓는 죄악은 무엇무엇이던고?"

"예, 생각으로 짓는 세 가지 죄악은 그 첫째가 탐욕이요, 그 둘째는 성냄이며, 그 셋째는 어리석음이라 하셨사옵니다."

현창화상이 고개를 끄덕였다.

"그래, 제대로 일렀느니라. 헌데 말이다, 아도수좌."

"예, 스님."

"부처님께서는 어떤 까닭으로 열 가지 악행을 짓지말라 이르셨던고?"

"예, 부처님께서는 몸으로 짓는 세 가지 죄악, 입으로 짓는 네 가지 죄악, 생각으로 짓는 세 가지 죄악은 성인의 가르침에 어긋나는 것이므로 이를 악행이라 한다고 이르셨사옵니다."

현창화상이 고개를 끄덕이며 말했다

"그래, 바로 일렀다. 허면 열 가지 선한 일을 하려면 어찌해야 한다고 이르셨더냐?"

"예, 몸으로 세 가지 죄를 짓지 아니하고, 말로써 네 가지 죄를 짓지 아니하며, 생각으로 세 가지 죄를 짓지 아니하면, 바로 그것이 열 가지 선행을 하게 한다고 하셨사옵니다."

"그러면, 그 열 가지 죄악 가운데 만일 수행자가 한 가지 잘못이라도 범했을 적에는 어찌하라 이르셨더냐?"

"예, 중생이 허물이 있으면서도 스스로 뉘우치지 아니하고 그대로 지나치면, 이는 냇물이 바다로 들어가 점점 깊고 넓게

되듯이 죄가 무겁게 쌓일 것이니 작은 허물이 있을 적에 스스로 그릇된 줄 알고 악을 고쳐 선행을 하면 죄가 저절로 없어질 것이니, 이는 병자가 땀을 내고 차차 회복되어가는 것과 같다고 이르셨사옵니다."

현창화상이 입가에 미소를 지으며 말했다.

"그래, 그래. 그대는 부처님 뜻을 제대로 알아들었느니라."

아도스님이 어쩔 줄을 몰라했다.

"아, 아니옵니다 스님. 과찬의 말씀이시옵니다."

아도스님은 현창화상의 서릿발같은 가르침을 받아가며 봄 여름 가을 겨울, 잠시도 쉬지 아니하고 수행에 수행을 거듭해 나갔다.

세월은 어느덧 흐르고 흘러서 그 경지가 갈수록 깊고 높아져 갔다.

그러던 겨울 어느날 밤이었다.

그날 밤에도 아도스님은 밤을 꼬박 새워가며 캄캄한 선방에 가부좌를 틀고 앉아서 참선 공부를 계속하고 있었다.

그런데 가장 견디기 어려운 것이 바로 졸음이었으니, 그만 깜박 앉은 채로 졸고 있었다.

그런데 비몽사몽간에 어머니의 목소리가 들려왔다.

"너 이 녀석, 아도야! 대체 너는 지금 무슨 짓을 하고 있는 게냐?"

아도스님이 고개를 번쩍 쳐들며 대답했다.

"예? 저, 저는 지금 참선 공부를 하고 있사옵니다."

다시 어머니가 호통을 치는 것이었다.

"꾸벅꾸벅 졸면서도 참선 공부를 하고 있다니, 현창화상께서 그 꼴을 보시면 주장자로 사정없이 후려치실 것이다. 쫓겨나지 않으려거든 정신을 번쩍 차려야 할 것이니 이 에미가 부지깽이로 후려패줄 것이니라. 에잇!"

아도스님은 정신이 번쩍 났다.

"아, 아이구! 아니, 내가 어거 꿈을 꾸었구나."

꿈에 보인 어머니는 왜 그리도 늙었는지 아도스님은 마음이 아팠다.

"어머니께서는 왜 그리도 많이 늙으셨을꼬……. 얼굴은 주름 투성이셨고, 머리는 호호백발 파뿌리가 다 되셨으니, 아, 어머니, 소승 비록 출가하여 속가의 자식 노릇은 못할지라도 어머니의 소원대로 반드시 견성성불하여 고해 바다 중생을 반드시 건질 것이오니 아무 염려 마십시오."

아도스님은 나이 어렸을 적에는 참으로 어머니를 원망하며

자랐다.

　동네 아이들이 그를 가리켜 묵호자, 묵호자라 놀려대며 손가락질을 할 적마다, 세상이 원망스럽고, 어머니가 원망스럽고, 아버지가 원망스러웠던 것이다.

　그러나 어린 나이에 절에 의탁되어 한 살 두 살 나이를 먹고 철이 들면서부터, 이 세상에서 가장 불쌍한 사람이 바로 어머니라는 것을 알게 되었다.

　어머니는 얼굴 검은 뙤놈의 자식이라고 놀림받는 아들을 끌어안고 소리없이 눈물을 흘리며 이렇게 말하곤 했었다.

　"그래, 이 에미가 죄많은 여자라서 네 얼굴이 이렇게 검게 태어났구나. 하지만 그 일은 참으로 내 힘으로는 어찌할 수가 없었다.

　그 분이 우리나라를 떠나가신 뒤, 내가 아직 처녀의 신분으로 너를 갖게 된 것을 알았을 적에 나는 그만 세상이 캄캄했었구나. 나라의 명을 받아 중국 사신의 시중을 들다가 얼굴 검은 자식을 낳는 여자가 종종 있었는데, 그 아이들은 철이 들기도 전부터 얼굴 검은 뙤놈 자식이라 하여 묵호자라 불리우며 놀림을 받고 결국은 천덕꾸러기로 자라 종살이를 하게 되는 것을 보아왔던 까닭에, 내가 그런 아이를 갖게 되다니, 이건 참으로 천지가 아득한 일이었다.

 그래서 이 에미는 너를 낳느니 차라리 죽어버리자고 마음을 단단히 먹고 산속으로 들어가 수십 길 되는 벼랑 위에서 치마폭을 뒤집어쓰고 뛰어내렸다. …… 허나, 대체 일이 어떻게 된 노릇인지 치마폭이 나뭇가지에 걸린 채 혼절하여 정신을 잃고 있다가 지나가던 흥덕사 스님이 나를 보고 구해다 살려 주셨구나.

 그때 그 스님께서 그렇게 말씀하셨다. 전생의 업장이 두터워서 이생에 이런 과보를 받는 것이거늘, 어찌하여 이런 어리석은 일로 업장을 더욱 두텁게 쌓으려 하느냐고. 전생에 지은 업장이 그러하고, 이생에 받는 과보가 이러하거늘, 이생에서나마 선근공덕을 많이 쌓아서 전생에 지은 업장을 소멸해야 할 것이니, 이 몸은 이미 죽은 것으로 치고, 장차 태어날 이 아이를 위해서 모든 것을 다 바치라고…… 그렇게 타이르셨다. …… 그래서…… 그래서 나는 네가 다섯 살이 되었을 적에 너를 절에다 맡겼던 것이야…… 제발 천덕꾸러기 종놈이 되지말고, 부디부디 큰 스님이 되어서 이 세상의 고해 중생을 제도해 주십사 하고 말이다."

 그런 어머니였으니 아도스님이 문득문득 속가의 어머니를 생각하면서 회한에 젖는 것도 무리가 아니었다.

 그러나 아도스님은 중국 당대 최고의 고승이었던 현창화상의

문하에서 본격적인 수행을 해오면서 차츰차츰 지혜의 눈이 열리기 시작하여 드넓은 세상을 바로 보게 되었다.

하루는 현창화상이 아도스님에게 물었다.

"너를 낳아준 사람은 대체 누구였던고?"

"예, 속가 어머님이셨습니다."

"허면 네 어머니로 하여금 너를 낳도록 한 사람은 또 누구였겠느냐?"

잠시 현창화상을 쳐다보던 아도스님이 천천히 대답했다.

"…… 예…… 아버님이십니다."

현창화상이 고개를 끄덕이며 말을 이었다.

"그래, 나를 이 세상에 태어나게 해주신 분들은 바로 아버님이요, 어머님이니 이 간단한 사실은 세 살 먹은 아이도 다 알고 있는 일이다.

그런데도 어리석은 세상 젊은이들은 이 간단한 사실 한 가지도 제대로 알지 못하고 사나니, 그래서 저들 어리석은 젊은이들은 눈만 뜨면 앙앙불락이요 개구즉원망이라, 입만 벌리면 부모 원망만 하는구나.

나는 어찌하여 고관대작의 집에서 태어나지 아니하고 보잘것없는 농부의 자식으로 태어났는가!

내 아버지는 어찌하여 천석꾼, 만석꾼이 아니고 하찮은 장사

치란 말인가!

 어리석은 젊은 아들은 이렇게 한탄하고 원망하면서 허송세월하나니, 이런 어리석은 젊은이가 나이를 먹어 아비 어미가 되면 저보다 더 큰 원망을 하는 어리석은 자식을 두게 될 것이다. 허나, 너는 명심해서 들어야 할 것이니……."

 현창화상은 잠시 말을 멈추고 아도스님을 쳐다보았다.

 "예, 스님. 말씀하십시오."

 "아버지 어머니가 너를 낳아주지 아니했으면, 과연 너는 지금 어디에 무엇으로 있었을 것인고?"

 아도스님은 아무런 말도 못하고 그저 현창화상을 쳐다만 보았다.

 "지수화풍 네 가지가 인연으로 모여 생명이 되느니, 아버지, 어머니의 인연이 없었으면 너는 아직 흙으로 있거나, 물로 있거나, 바람으로 있거나, 불로 있을 것이요, 생명으로 태어났더라도 뱀이 되었거나, 지렁이가 되었거나 늑대가 되었거나 축생이 되었을 것이다.

 일찍이 부처님께서도 이르셨거니와 참으로 사람의 자식으로 태어나기가 어렵고도 어려운 일이거늘, 어리석은 자식들은 그 은혜를 알지 못하고 오히려 원망만 하고 있나니, 이 아니 불쌍한 일이겠느냐?

너는 마땅히 알라. 사람의 몸으로 태어난 것만 해도 부모의 은혜는 한량이 없느니라."

아도스님이 고개 숙여 대답했다.

"…… 예, 스님. 명심하겠습니다."

아도스님은 현창화상 문하에서 열심히 정진 수행하면서도 평생을 홀로 살아온 속가 어머니의 소원을 결코 잊는 일이 없었다.

항상 어머니의 말씀은 머리 속에서 떠나지를 않고 하나도 남김없이 떠올랐다.

'이 죄많은 에미의 소원은 오직 한 가지 뿐, 그저 어쩌든지 네가 덕 높으신 큰 스님이 되어서, 이 세상 고해 바다에서 고통받는 저 많은 중생들을 빠짐없이 다 구해주는 것이야.

가지가지 근심 걱정으로 단 하루도 편할 날이 없는 저 많은 고해 중생들을 빠짐없이 부처님 품으로 인도하는 일, 그 일보다 더 좋은 일이 세상에 또 어디 있겠느냐? 이 에미의 소원 알아들었지? 응?'

어렸을 적부터 수십 번, 수백 번 들어온 어머니의 소원은 이제 화두처럼 아도스님의 마음 속에 깊이 깊이 자리잡고 있었다.
 그러던 어느 해 여름이었다.
 하루는 현창화상이 제자들을 모두 불러 한 자리에 앉혔다.
 "그대들은 내 말을 귀담아 듣고 묻는 말에 답해야 할 것이다. 다들 알겠느냐?"
 "예, 스님."
 제자들이 대답을 하자 현창화상이 주위를 둘러보며 말했다.
 "모두들 조용히 두 눈을 지그시 감고 저 소리를 들어 보아라."
 제자들은 두 눈을 감고 조용히 귀를 기울여서 뻐꾸기 우는 소리를 들었다.
 "다들 저 뻐꾸기 소리를 듣고 있느냐?"
 "예, 스님."
 제자들이 대답을 하자 현창화상이 다시 물었다.
 "저 뻐꾸기 소리가 귀에 들리지 아니하는 사람은 아무도 없느냐?"
 "……"
 제자들이 조용히 귀를 기울이며 현창화상을 바라보았다.
 그러자 현창화상은 주장자를 세게 내리치며 말했다.
 "허면 내 물을 것이니라. 이 방안에 앉아있는 대중 가운데,

이 방에서 나가지 아니한 채 저 뻐꾸기 소리를 들리지 아니하게 할 사람이 있거든 어디 한번 나서 보아라."

제자들이 서로 얼굴을 쳐다보며 물끄러미 있었다.

잠시후 한 제자가 현창화상에게 합장배례하고 앞으로 나섰다.

"그래, 바로 너는 어떻게 해서 저 뻐꾸기 소리가 들리지 아니하게 하겠는고?"

제자가 대답하였다.

"예, 저 뻐꾸기 소리가 크게 들려옴은 우리 대중들의 귀가 열려있는 까닭이옵니다."

"그래서 대체 어찌하겠다는 말이던고?"

현창화상의 물음에 제자가 답했다.

"예, 이 방안의 있는 모든 대중들로 하여금 솜으로 귓구멍을 틀어막도록 하면 될 것이옵니다."

현창화상의 주장자가 세게 내리쳐졌다.

"너는 틀렸느니라. 또 다른 사람은 없느냐?"

서로 눈치만 살피는 제자들의 귀에 다시 뻐꾸기 소리가 들려왔다.

"허허, 이 많은 대중 가운데 내가 묻는 말귀를 알아듣는 자가 단 한 명도 없다니……."

바로 그때 고구려에서 온 아도스님이 현창화상께 합장배례하고 앞으로 나서는 것이었다.
"그래, 너는 고구려 땅에서 온 아도가 아니더냐?"
"예."
"너는 저 뻐꾸기 소리가 들리지 아니하게 할 수 있다는 말이더냐?"
아도스님이 고개를 숙이며 대답했다.
"예."
"그래, 대체 어찌하겠다는 말이던고?"
"예, 소승이 여기 놓인 이 목탁을 칠 것이오니 여기 모인 모든 대중들은 다 함께 지극정성으로 독경을 해주시기 바라옵니다."
말을 마친 아도스님이 목탁을 크게 치기 시작하자, 대중들도 모두 크게 독경을 하기 시작하였다.
잠시후 현창화상이 주장자를 내리치자 모두들 하던 일을 멈추고 현창화상을 바라보았다.
현창화상이 아도스님에게 말했다.
"아도수좌는 듣거라."
"예, 스님."
"나는 너에게 저 뻐꾸기 소리가 들리지 아니하게 하라 하였

지, 대중들에게 독경을 하라고 이르지는 아니했거늘, 너는 어찌 이 늙은 중을 희롱하는고?"

아도스님이 합장하고 고개를 숙이며 말했다.

"…… 죄송하옵니다, 스님. 소승 결코 스님을 희롱하지 아니했사옵니다."

현창화상은 잠시 아도스님의 얼굴을 쳐다보았다.

다시 뻐꾸기 우는 소리가 들려왔다.

"보아라, 저 뻐꾸기 소리는 여전히 들리거늘 너는 감히 이 늙은 중을 속이려 드느냐?"

"하오면 소승, 감히 스님께 한 말씀 여쭙겠사옵니다."

"무슨 말이던고?"

아도스님이 잠시 뻐꾸기 우는 소리를 듣고 있다가 현창화상을 바라보았다.

"스님께옵서는 소승이 목탁을 치고, 여러 대중들이 독경을 할 적에 과연 저 뻐꾸기 소리를 들으셨는지요?"

"무, 무엇이라고? 독경을 할 적에 저 뻐꾸기 소리를 들었느냐고?"

아도스님은 현창화상을 똑바로 쳐다보며 대답했다.

"그렇사옵니다."

"허면 너는 저 뻐꾸기 소리를 듣지 못했다 그런 말이더냐?"

아도스님이 공손하게 대답했다.
"소승은 오직 독경삼매에 들었을 뿐, 뻐꾸기도 까막까치도 없었사옵니다."
가만히 아도스님을 쳐다보던 현창화상이 호탕하게 웃었다.
제자들이 술렁이며 웅성거리기 시작하자, 현창화상이 주장자를 세게 한 번 내리치고는 큰 목소리로 말했다.
"다들 조용히 하고 저 소리를 다시 들어 보아라!"
고요해진 가운데 다시 뻐꾸기 소리가 들렸다.
"다들 저 소리를 듣고 있느냐?"
"…… 예."
"아도수좌가 답을 제대로 했으니, 이후에는 참선하면서도 뻐꾸기 소리를 듣는 자는 귓구멍을 납으로 단단히 봉해야 할 것이다!"

# 5
## 중생을 위해서 살아라


 옛부터 이르기를 왕대밭에서 왕대 나고, 큰 사람 밑에서 큰 인물이 난다고 하였으니 아도스님이 스승으로 만난 중국의 현창화상은 참으로 당시 중국 불교계의 거목이었다.
 현창화상은 제자들을 지도하고 가르침을 펴는 데 있어 엄하고 칼날같기로 소문이 나 있었다.
 그런데 하루는 현창화상이 제자 아도를 따로 불러 앉혔다.
 "부르셨사옵니까, 스님?"
 현창화상이 아도스님을 쳐다보며 말했다.
 "그래, 내가 불렀다. 거기 앉도록 해라."
 "예."
 아도스님이 자리에 앉자 현창화상이 조용한 목소리로 물었다.

"그동안 이 절에 와서 밥을 축낸 지도 오래 되었거늘 밥값은 제대로 하고 있으렸다?"

아도스님이 고개를 숙였다.

"죄송하옵니다만 소승 부끄럽게도 아직 밥값을 제대로 못하고 있사옵니다."

현창화상이 아도스님을 쳐다보았다.

"허면, 내 한 가지 물을 것이니 어디 한번 일러 보아라."

"예."

"세상 사람들이 우리를 가리켜 어떤 사람은 출가 수행자라 하고, 또 혹자는 출가 승려라 하거늘, 대체 어떤 사람을 출가 수행자라 할 것인고?"

아도스님이 대답했다.

"예, 부처님의 제자가 되어 삭발 출가하고 부처님이 이르신 계, 정, 혜 삼학을 배우고 닦는 이를 출가 수행자라 이름이옵니다."

아도스님에게로 현창화상의 주장자가 날아왔다.

"틀렸느니라, 다시 일러라. 대체 어떤 사람을 출가 수행자라고 이를 것이던고?"

아도스님이 조심스럽게 대답했다.

"예, 출가 수행자는 청정한 계율을 지켜 독신으로 살며, 육식

을 하지 아니하고 술을 마시지 아니하며……."

아도스님의 말이 채 끝나기도 전에 현창화상이 다시 주장자를 내리쳤다.

"틀렸다. 다시 일러라!"

아도스님이 머뭇거리며 다시 답했다.

"부처님의…… 자비로운 가르침을 믿고 의지하고 배우며……."

현창화상이 다시 주장자를 내리치며 말했다.

"웬 군더더기가 그리도 많더란 말이냐?"

"…… 죄송하옵니다."

현창화상의 목소리가 커졌다.

"머리 깎은 자를 다 승려라고 한다면, 속세에 살면서도 머리를 깎은 자는 많고 많을 것이다."

"…… 예."

"회색옷을 입은 자를 승려라고 한다면 속세에 살면서도 회색옷을 입은 사람은 많고도 많을 것이다."

"…… 예."

"아내와 함께 살지 않는 자를 승려라고 한다면 속세에 살면서도 홀아비로 사는 사람이 많고 많을 것이다."

"…… 예."

현창화상은 잠시 말을 멈추고 아도스님을 쳐다보았다.

"술 마시지 아니하고, 육식을 아니하는 자를 다 승려라고 한다면 속세에 살면서도 술 마시지 아니하고 육식하지 아니하는 사람은 많고도 많을 것이다."

"…… 예, 그렇사옵니다 스님."

"삭발 출가하여 득도하고 부처님이 이르신 계, 정, 혜 삼학을 두루 배웠으되, 저 잘 먹고, 저 잘 입고, 저 편하게 살려고 하면 이는 참다운 출가 수행자가 아니요, 이는 중생의 눈을 속이고, 부처의 눈을 속이는 밥도적이요, 기만꾼이니, 이런 자들에게는 마땅히 지옥이 삼천 개도 넘을 것이니라."

아도스님이 고개를 숙이며 대답했다.

"예, 스님. 명심하겠습니다."

현창화상이 다시 물었다.

"허면 어떤 수행자가 참다운 수행자요, 올바른 승려인가? 부처님의 제자가 되어 계, 정, 혜 삼학을 두루 닦고 정진하되, 오직 중생을 위해서 살면 그것이 비로소 참다운 수행자요, 올바른 승려라 할 것이니, 어떻게 하면 중생을 배불리 먹일까, 어떻게 하면 중생의 병을 고쳐줄까, 어떻게 하면 중생의 근심 걱정을 없게 해주고, 어떻게 하면 중생의 슬픔을 사라지게 하며, 어떻게 하면 중생의 억울함을 씻어줄 수 있을까, 오직 이렇게 생

각하고 살아야만 밥도적을 면할 것이니, 모름지기 수행자는 첫째도 중생을 위해서요, 열 번째도 중생을 위해서 살아야 할 것이다."

"예, 스님. 깊이 명심하겠사옵니다."

현창화상이 다시 말을 이었다.

"세속에 살면서도 머리도 깎지 아니하고 회색옷도 입지 아니하고 독신으로 살지도 아니하면서도 중생을 위해서 사는 보살이 많고 많거늘, 하물며 출가득도한 자가 이 본분을 망각하면 이는 실로 삼악도에 떨어지는 죄를 면치 못할 것이니라!"

현창화상은 이렇게 엄히 당부하는 것이었다.

그런데 바로 그날 밤의 일이었다.

아도스님이 가부좌를 틀고 앉아 참선 수행을 하다가 비몽사몽간에 속가의 어머니를 만나뵙게 되었다.

속가의 어머니는 아도스님을 보자마자 다짜고짜로 야단을 치기 시작하였다.

"오, 슬픈 일이로구나! 이 죄 많은 에미, 오직 한 가지 소원을 빌고 빌어 얼굴 검은 되놈 자식이라 놀림받던 내 아들이 넉 높으신 큰 스님이 되어 고해 중생 건지기를 바라고 바랐더니, 참선 중에 잠을 자며 게으름을 피우다니, 너는 필경 그러다가 주장자로 매우 쳐서 내쫓김을 당할 것인즉, 오호라! 이 일을 대체 어찌하면 좋단 말이냐! 내 차라리 그 지경을 보기 전에 대동강 푸른 물에 빠져 죽으러 가야겠다!"
 말을 마친 어머니는 아도스님이 간곡하게 말리는데도 뒤도 돌아보지 않고 가버리는 것이었다.
 "아, 아니되십니다. 아니되십니다, 어머니!"
 자신의 외침소리에 정신을 차린 아도스님은 불길한 생각이 들었다.
 멀리서 소쩍새 우는 소리가 들려왔다.
 "아니, 이건 또 무슨 악몽이란 말인가!"
 옛날이나 지금이나 사람이 잠을 자다가 흉몽을 꾸게 되면, 꿈을 깨고 나서도 기분이 영 개운치 않은 법이다.
 더구나 아득한 옛날의 일이고 보면 불길한 꿈을 꾸고난 마음이 무거울 것은 당연한 일이었다.
 아도스님은 꿈이 너무나도 불길한지라, 고구려 땅 평양성 밖에 홀로 계시는 속가 어머니의 신변에 행여라도 무슨 불길한 일이 일어난 것은 아닌지 걱정이 되었다.
 그런데, 바로 그날 저녁나절에 현창화상이 모든 대중들을 한 방에 모이게 하였다.
 "여러 대중들은 잘 들으라. 왕실로부터 우리 절에 친서를 보내오셨으되, 여러 대중들의 지혜가 있어야겠기에 이리 모이게

한 것이다.

　왕실의 분부이신즉, 3년 전 나라에 극심한 가뭄이 들었을 적에 우리나라 임금께서 친히 적성산에 오르시어 기우제를 올리신 일이 있으셨다.

　헌데 그때에 대왕마마께서 산신께 제사를 올리고 친히 약조하시기를 하루빨리 비가 내리도록 해주시와 만백성을 살려만 주시면 이 적성산에 온통 수놓은 비단옷을 입혀 그 은혜에 보답하겠다 하셨더니, 과연 사흘만에 비가 흡족하게 내려 근심을 덜게 되었거니와 저 큰 적성산에 비단옷을 막상 해서 입히자고 하니 3년을 두고 힘을 기울여도 가당치 아니한 일이라 과연 어떻게 하면 저 큰 적성산에 수놓은 비단옷을 무난히 입힐수 있을 것인지, 그 방도를 찾아내라는 분부를 내리시기에 이르렀으니, 만일 보름날까지 그 방도를 찾지 못하면 나라에서 내리던 사찰 양식을 끊어 승려들을 흩어지게 하시겠다고 하니, 여러 대중들은 마땅히 그 방도를 찾도록 해야 할 것이다. 만일 그러하지 못할 경우에는 이 사찰이 폐사를 면치 못할 것이니라."

　과연 큰 일이 아닐 수 없었다.

　요즘 세상같으면야 감히 상상도 할 수 없는 일이겠지만 지금으로부터 무려 1400여 년 전의 일이고 보니, 이런 일은 얼마든지 되풀이 되어 일어나곤 했었다.

 아도스님은 현창화상의 그 당부를 들은 이후 참으로 어처구니 없다는 생각을 하면서도 한편으로는 은근히 걱정이 되었다.

 만일 흡족한 방법을 내놓지 못한다면 절간 하나를 폐사시키는 것은 왕실 마음대로일 것이요, 그렇게 되면 그 많은 대중들이 갈 곳을 잃게 될 것이니, 그래서 걱정이었던 것이다.

 아도스님은 캄캄한 방 안에 누워 멀리서 들려오는 소쩍새 소리를 듣고 있었다.

 그날밤은 이상하게도 그 소쩍새 소리가 소쩍새 소리로 들리지 아니하고 아련한 다듬이질 소리로 들려오는 것이었다.

 아도스님은 그 다듬이질 소리에 이끌려 옛 고향 속가를 생각하다가 문득 어머니를 떠올리게 되었다.

 아도스님의 귓가에는 아련하게 어머니의 목소리가 들려오는 듯 했다.

 "비단에 수를 놓은 이 곱고 예쁜 옷을 누가 입는지 그게 궁금하다고 그랬느냐? 우리같은 백성들은 감히 어찌 이런 귀한 비단옷을 꿈이나 꾸겠느냐? 임금님이나 입으시고, 왕궁에서나 입으시는 게지."

 그토록 귀하고 값진 비단이라는데, 그 비단에 수까지 놓아 저 크고 넓은 산에 비단옷을 입히겠다니, 세상에 그런 가당치

도 않은 일을 대체 어찌 하겠다는 말이던가!

아도스님은 그런 생각을 한 중국의 왕이 어리석다는 생각이 들었다.

그러다가 문득, 옛날에 들었던 어머니의 말씀 한마디가 번개처럼 떠오르게 되었다.

"비단에 수를 놓은 옷은 참으로 곱고 아름답단다. 그래서 우리나라를 가장 곱고 아름다운 나라라고 해서 비단 금 자에 수놓을 수 자를 써서 금수강산이라고 하는 게야."

아도스님은 자리에서 벌떡 일어났다. 그리고는 혼자서 중얼거리는 것이었다

"…… 그래…… 그렇게 말씀하셨지. 비단 금(錦)자, 수놓을 수(繡)자, 금수강산이라고……."

아도스님은 그길로 곧바로 현창화상을 찾아갔다.

그러나 밤이 너무 이슥한지라 현창화상의 방문 앞에서 아도스님이 조심스레 입을 열었다.

"스님, 아도수좌가 스님께 긴히 말씀드릴 일이 있사옵니다."

현창화상의 목소리가 들려나왔다.

"아도라고 그랬느냐?"

"예."

"밤이 너무 깊었느니라. 내일 아침에 다시 오너라."

그러나 아도스님은 물러가지 않고 조심스럽게 다시 말했다.
"하오나 스님, 저 적성산에 비단옷을 입히는 방도가 있사온데요."
"비단옷?"
현창화상이 벌컥 방문을 열었다.
"적성산에 비단옷을 입히는 방도가 있다고 그랬느냐?"
"예, 그렇사옵니다."
현창화상이 잠시 아도스님을 쳐다보았다.
"틀림…… 없으렷다?"
"예."
아무런 말 없이 아도스님을 쳐다보던 현창화상이 잠시 후 입을 열었다.
"들어와서 자세히 일러라."
"예, 스님."
적성산에 비단옷을 입히는 방도가 있다는 말을 들은 현창화상은 아도스님을 방 안으로 들어오게 하여 불을 밝히게 하였다.
아도스님이 방에 불을 밝히자, 현창화상이 물었다.
"그래, 저 높고 큰 적성산에 비단옷을 입히는 방도가 있다는 말이더냐?"

"그렇사옵니다."
아도스님이 자신있게 대답하자, 현창화상이 말했다.
"이 일은 섣불리 입 밖에 내서는 안되는 일이니라."
"…… 알고 있사옵니다, 스님."
현창화상이 조용한 목소리로 타이르듯 말했다.
"왕실에서도 3년이나 씨름을 하다가 해결치 못한 일이니, 가당치 않은 방도를 냈다가는 오히려 큰 화를 자초하게 될 것이다."
"…… 알고 있사옵니다."
아도스님의 얼굴을 쳐다보며 현창화상이 다시 물었다.
"그래, 저 높고도 넓은 큰 산 적성산에 무슨 수로 수놓은 비단옷을 입힌단 말이던고?"
아도스님은 숨을 크게 한번 내쉬고 나서 입을 열었다.
"소승의 생각으로는 비단 옷감으로 옷을 지어가지고는 저 큰 적성산에 비단옷을 입히는 일은 백 년 후에도 천 년 후에도 가망이 없는 일이옵니다."
현창화상이 눈을 동그랗게 뜨고 물었다.
"아니, 빙금 전에는 방도가 있다고 그러지 아니했느냐?"
"예, 방도가 있기는 있사옵니다."
현창화상이 답답하다는 표정을 지었다.

"허허 나 이런 참, 방도가 있다고 했다가 가망 없는 일이라고 했다가 도무지 이거 종잡을 수가 없구나."

아도스님이 침착하게 말했다.

"소승의 생각으로는 비단은 단 한 필도 사용치 아니하고 비단옷을 입히는 방도가 있사옵니다."

현창화상이 다시 물었다.

"허허, 이건 또 무슨 소리던고! 비단은 단 한 필도 사용치 아니하고 비단옷을 입히는 방도라니, 대체 무슨 소리더냐?"

현창화상이 다그치듯 묻자, 아도스님이 조용히 대답했다.

"고정하시고 들어주십시오, 스님. 누에를 쳐서 고치를 만들고, 그 고치에서 실을 뽑아 비단을 짜가지고서야, 어느 천 년에 저 높고 큰 산에 비단옷을 해입힐 수가 있겠사옵니까?"

"그걸 누가 몰라서 그러느냐! 대왕마마께서 약조하신 일이니 그래서 걱정이라는 게지."

아도스님이 조용히 현창화상을 불렀다.

"스님."

"어서 말해 보아라."

"적성산이라고 그러셨지요?"

"그래, 바로 그 산이 적성산이다."

"적성산이라는 산 이름은 붉을 적 자, 이룰 성 자, 그래서 적

성산이겠습지요?"

"아니다. 붉을 적 자, 성스러울 성 자, 성스러운 붉은 산이라는 뜻으로 적성산이다."

아도스님이 고개를 끄덕인 후 말했다.

"스님, 그 산 이름을 바꾸어 주면 될 것이옵니다."

현창화상이 되물었다.

"무엇이라구? 산 이름을 바꾸어 주라니?"

"적성산이라는 이름을 버리게 하시고, 그 대신……."

"그대신 산 이름을 어떻게 바꾼단 말이더냐? 더더구나 그 산은 성스러운 산이거늘 감히 어찌 함부로 그 산의 이름을 바꾼단 말이던고?"

"대왕마마께서는 바꾸실 수 있는 일 아니겠습니까?"

"그, 그야 대왕마마가 바꾸신다면야 감히 어느 누구도 간섭할 일은 아니겠지만, 그래, 그 산 이름을 어떻게 바꾸면 된다는 말이던고?"

아도스님이 대답했다.

"비단 금 자에 수놓을 수 자, 금수산으로 바꾸면 될 것이옵니다."

"비단 금 자에 수놓을 수 자, 금수산이라고 그랬느냐?"

"…예."

현창화상은 잠시 아무런 말이 없었다.
아도스님이 답답하여 현창화상을 불렀다.
"어찌 말씀이 없으시옵니까요, 스님?"
갑자기 현창화상이 호탕하게 웃었다.
"하하하하, 너 이놈 아도야!"
어안이 벙벙하여 아도스님이 대답했다.
"어찌…… 이러시옵니까요, 스님?"
다시 한 번 현창화상이 큰 목소리로 아도를 불렀다.
"너 이놈!"
아도스님은 무슨 영문인지를 알 수가 없었다.
"…… 예, 스님?"
"해동국 고구려 땅에서 온 얼굴 검은 되놈 자식이 감히 어찌 늙은 중을 희롱하고, 대왕마마까지 농락하려 드는고?"
아도스님이 볼멘 목소리로 말했다.
"하오시면 천 년이 걸리건 만 년이 걸리건 비단으로 옷을 지어 입혀 보도록 하시지요."
현창화상이 다시 큰 목소리로 말했다.
"하하하하, 이놈 아도야!"
"……"
아도스님이 대답을 하지 않자 현창화상이 다시 불렀다.

"내가 불렀느니라, 이놈 아도야!"
"예, 스님."
"내 문하에서는 아도 네가 지혜 제일이다!"
아도스님이 황급히 대답했다.
"아, 아니시옵니다. 과찬의 말씀이시옵니다."
"감히 어디서 내 말에 토를 달고 그러는고? 너는 내일 나와 함께 왕궁에 가야할 것이니 그리 알고 있거라!"

현창화상은 아도스님의 지혜에 탄복을 했으니, 비단 금자, 수 놓을 수자, 금수산으로 산 이름을 바꾸어주면 그 산은 세세생생 비단 옷으로 수를 놓은 셈이 되는 것이다.

당시 중국 위나라 대신들도 무릎을 치고, 임금 또한 탄복을 했으니 이때부터 고구려 승려 아도의 지혜는 멀리 중국 땅에서부터 빛을 발하기 시작한 셈이다.

그러나 아도스님은 이것이 모두 자신의 지혜라 여기지 아니하고 고구려 땅 평양성 밖에 홀로 계시는 어머니가 일러주신 지혜로 생각했으니, 타고난 효심 또한 지극하다 하겠다.

아도스님은 멀리 동쪽 고구려 땅을 향해 또 한 번 합장을 하였다.

아도스님의 귀에는 항상 어머니의 목소리가 들리는 듯 했다.
"너는 참으로 명심해야 할 것이니, 속세로 내려오면 천덕꾸러기가 될 것이요, 산으로 들면 너는 반드시 덕 높으신 큰 스님이 될 것이다."
 아도스님은 조용히 되뇌었다.
 "잊지 않고 있사옵니다. 그리고 결코 잊지 않을 것이옵니다."

# 6
## 분별하지 말고 집착하지 말라

 해동국 고구려 땅에서 들어온 보잘것 없던 묵호자 아도스님은 그러나 이제 중국 당대 최고의 고승 현창화상 문하에서 단연 공부가 깊고 지혜가 뛰어난 당당한 제자로 인정받게 되었다.
 하루는 현창화상이 모든 대중들을 한 방에 모아놓고 말했다.
 "그대들은 잘 들으라. 내가 오늘 이 주장자를 세 번 치고 경상 위에 놓을 것이다."
 말을 마친 현창화상은 주장자를 세 번 내리친 후 주장자를 경상 위에 놓고는 대중들을 쳐다보았다.
 "이 수장자는 그 길이가 여섯 자에 이르니, 과연 이 주장자는 짧다고 할 것인가? 길다고 할 것인가? 누가 한 번 일러 보아라."

한 제자가 나섰다.
"예, 그 주장자는 여섯 자가 넘으니 길다고 하겠습니다."
현창화상이 다시 말했다.
"허면 이제 내가 이를 것이니라. 경상 위에 놓인 이 주장자에 손도 대지 말고, 톱도 대지 말고, 이 주장자를 짧게 만들어야 할 것이니, 그르치면 이 주장자로 삼십 방을 후려칠 것이니라."
현창화상이 근엄한 얼굴로 이렇게 문제를 내놓으니, 감히 나서는 대중이 아무도 없었다.
주위를 둘러보던 현창화상이 탄식했다.
"허허, 이 많은 대중 가운데 나서는 자가 이리도 없단 말이더냐?"
잠시 기다리던 현창화상이 한 제자에게 말했다.
"조금 전에 이 주장자를 길다고 말했던 네가 한 번 일러 보아라."
제자가 멈칫거리며 말했다.
"하, 하오나 스님, 그 주장자에 손을 대지 못하게 하셨사온데 무슨 수로 그 주장자를 짧게 만들 수 있겠사옵니까?"
현창화상이 다시 근엄한 목소리로 말했다.
"그렇다! 이 주장자에 손을 대서도 아니되고, 이 주장자를 건드려서도 아니된다! 이 주장자를 만지지 아니하고, 건드리지도

아니하고, 칼이나 톱같은 연장을 대지도 아니하고 과연 이 주장자를 짧게 만들 대중은 여기 없느냐?"

 여섯 자나 되는 스님의 주장자를 경상 위에 올려놓고는 그 주장자에 손을 대지 아니하고, 연장도 쓰지 아니하고, 그 주장자를 짧게 만들라니, 세상에 그런 재주를 가진 사람이 있을 수가 없었다.

 그 어려운 문제를 놓고 아무도 나서는 사람이 없자, 현창화상은 이윽고 자리에서 일어섰다.

 "아무도 나서는 자가 없으면 그럼 이번에는 내가 지목을 할 것이니라. 두번째 줄에 앉아있는 고구려 수좌 아도 나오너라."

 순간 모든 대중들의 시선이 아도스님에게 일제히 집중되었다.

 아도스님은 하는 수 없이 자리에서 일어나 현창화상께 예를 올린 후, 침착한 목소리로 말했다.

 "소승, 스님께 한 가지 청이 있사오니 허락하여 주십시오."

 현창화상이 아도스님을 쳐다보았다.

 "무슨 말이더냐?"

 아도화상이 말했다.

 "소승, 잠시 이 방에서 밖으로 나갔다가 돌아오도록 허락하여 주시오면 반드시 저 주장자에 손을 대지 아니하고, 연장도 대지 아니하고 저 주장자를 짧게 만들어 올리겠사옵니다."
 현창화상이 말했다.
 "틀림없느냐?"
 "예."
 "어긋나면 이 주장자로 삼십 방을 후려쳐 내쫓을 것이니라."
 아도스님이 대답했다.
 "예, 어찌 하시든 스님의 뜻대로 하십시오."
 현창화상이 고개를 끄덕였다.
 "허면 잠시 밖으로 나갔다가 돌아올 것을 허락하되, 여기 모인 대중들이 반야심경을 독경할 동안에 돌아와야 할 것이다."
 "예, 어김이 없도록 하겠습니다."
 잠시후, 모든 대중들이 독경을 마치고 숨죽여 기다리는 가운데 아도스님은 다시 방 안으로 돌아왔다.
 그런데 아도스님은 손에 열두 자도 더 되어 보이는 길다란 장대를 하나 들고 들어와서는 현창화상의 여섯 자 주장자 앞에 나란히 눕혀놓는 것이었다.
 대중들이 웅성거리기 시작했다.
 아도스님은 현창화상을 똑바로 쳐다보며 말했다.
 "열두 자도 넘는 이 장대를 스님의 주장자 앞에 놓았으니 이것이 소승의 답이옵니다."

잠시동안 현창화상은 아무런 말이 없었다.

방 안에 있던 대중들은 어안이 벙벙해서 무슨 영문인지 모르는 사람, 과연 그렇구나 하고 탄복을 하는 사람, 그야말로 가지각색이었다.

잠시후 현창화상이 큰 목소리로 말했다.

"그대들은 다들 보았는가?"

그러나 모두들 아무런 대답이 없이 그저 현창화상만 바라보는 것이었다.

현창화상이 크게 소리쳤다.

"대답들을 해보아라! 보았느냐, 못보았느냐?"

그제서야 대중들이 입을 모아 대답했다.

"보았사옵니다."

"길고 짧은 것은 그 이치가 이와 같으니라.

어리석은 눈으로 세상을 보고 길다, 짧다, 많다, 적다, 분별하지 말고 집착하지 말라.

금전 한 닢이 정승집 자식에게는 하찮은 용돈이지만, 가난한 집에서는 한 달 먹을 양식값이니, 감히 어찌 어리석은 눈으로 많다, 적다, 분별하고 집착할 것인가!

내 이제 해동국 고구려 땅에서 온 아도에게 이 주장자와 발우를 전할 것인즉, 그대들은 마땅히 알라!

불도를 제대로 닦으면 지혜의 눈이 이처럼 밝아질 것이다!"
말을 마친 현창화상이 주장자를 쿵! 쿵! 쿵! 내리쳤다.

당시 중국 불교 최고의 거봉이었던 현창화상은 고구려 출신 아도를 여러 가지로 시험한 뒤, 많은 대중 앞에서 주장자와 발우를 전했으니, 이는 곧 아도를 으뜸 제자로 선포한 셈이었다.
그러니 고구려 출신 아도스님으로서는 참으로 분에 넘치는 일이 아닐 수 없었다.
아도스님이 현창화상에게 말했다.
"스님, 소승 감히 스님의 주장자와 발우를 차마 받지 못하겠사옵니다."
현창화상이 인자한 목소리로 타이르듯 말했다.
"이것 보시게, 아도스님! 스승이 제자를 알아보고, 그 제자에게 법을 잇도록 당부하는 것은 우리 불가의 자랑스런 법도이거늘, 그대는 어찌하여 내 당부를 알아듣지 못하시는가?"
아도스님이 고개를 숙이며 말했다.
"죄송하옵니다, 스님. 스님께서 소승에게 이토록 큰 은혜를 베풀어주시니 이는 곧 소승에게는 어디에다도 비할 수 없는 큰 광영이요, 큰 복이오나 소승이 스스로 돌아보건대 소승 감히 이런 큰 광영과 큰 복을 받을만한 그릇이 못되는 줄로 아옵

니다."

현창화상이 아도스님을 나직한 목소리로 불렀다.

"이것 보시게, 아도스님."

"예."

"내 한 마디만 더 이를 것이니, 군더더기는 더 이상 덧붙이지 마시게. 내가 그대에게 주장자와 발우를 주되, 주는 것 없이 줄 것이니 어찌 받으시겠는고? 자, 어서 한 마디만 이르시게!"

말을 마친 현창화상이 주장자를 내리쳤다.

아도스님이 머뭇거리며 대답했다.

"…… 하오시면 스님, 소승 스님의 주장자와 발우를 받는 것 없이 받겠사옵니다."

현창화상이 호탕하게 웃었다.

"하하하하, 그러면 그렇지!"

현창화상은 한바탕 시원하게 웃은후, 시를 읊기 시작했다.

"한 늙은 중이

주장자와 발우 내밀며

주는 것 없이 주었더니

알아듣는 한 사람 있어

받는 것 없이 받는다 하네.

이제 이 늙은 중

할 일을 마쳤구나."

 시를 읊은 현창화상이 주장자를 내리쳤다.

 현창화상이 기쁨을 노래하고 손때가 묻은 주장자와 발우를 아도스님에게 전하니 수많은 대중들이 부러워 하였다.

 현창화상으로부터 주장자와 발우를 전해받은 아도스님은 그 길로 바랑을 꾸려 등에 짊어지고 떠날 채비를 마친 다음, 스승이신 현창화상께 하직 인사를 올리러 갔다.

 "소승 아도, 스님께 하직 인사를 올리고자 하옵니다."

 현창화상이 눈을 크게 뜨고 물었다.

 "이 늙은 중, 그대에게 떠나라는 말은 한 마디도 한 일이 없거늘, 그대는 어찌하여 이 절을 떠나려 하시는고?"

 "스님께서 소승에게 주장자를 주셨으니, 이는 곧 전법의 길을 떠나라 하심이요, 스님께서 소승에게 발우를 내주셨음은 이 밥그릇으로 지혜의 물을 마시고, 자비의 밥을 먹으며, 이 그릇으로 고해중생들에게 지혜의 물을 나누어 먹이고, 자비의 밥을 나누어 먹이라는 분부이신 줄로 아옵니다. 그러니 소승 어찌 더 이상 스님의 문하에 머무를 수 있겠사옵니까?"

 현창화상이 만면에 미소를 띠고 고개를 끄덕였다.

 "…… 그래…… 그대는 참으로 눈도 밝고 귀도 밝으시니, 이 늙은 중이 무엇을 더 걱정하겠는가!

　주장자는 전법의 길잡이요, 발우는 지혜의 감로수 그릇이요, 자비의 밥그릇이라. 부처님의 지혜를 감로수로 마시고, 부처님의 자비를 밥으로 먹으면, 고해 중생들이 목마르지 아니하고 배고프지 아니할 것이니, 부디 그 주장자를 쉬게 하지 말 것이며, 그 발우를 놀리지 마시게."
　아도스님이 고개를 숙이며 대답했다.
　"예. 스님. 깊이 명심할 것이옵니다."
　현창화상이 흐뭇한 표정으로 말을 이었다.
　"부처님의 지혜의 감로수는 천 사람 만 사람에게 나누어 마시게 해도 마르는 일이 없을 것이요, 부처님 자비의 밥은 천 사람, 만 사람에게 나누어 먹여도 결코 줄어들거나 모자라는 일이 없을 것이야."
　"예."
　"이것 보시게, 아도스님."
　"예, 스님."
　"어디로 가시려는지, 그건 굳이 묻지 아니하겠네. 잘 가시게."
　"…… 예. 하오면 소승, 그만 떠나겠사옵니다. 성불하십시오."
　엄하고 어진 스승 현창화상께 하직 인사를 올린 아도스님은 그길로 수천 리 길을 걷고 걸어서 고구려 땅으로 향하였다.

# 7
## 어머니라 하지 말고 보살이라 하시게

 고구려 땅에 돌아온 아도스님은 마음에 걸리는 일이 속가에 계시는 어머니의 안부였는지라 곧바로 평양성 문밖에 있는 다 쓰러져가는 초가를 찾아갔다.
 집안에서는 다듬이질 소리가 들려오고 있었다.
 아도스님은 설레이는 마음을 억누르며 큰 소리로 불렀다.
 "계시옵니까? 계시옵니까?"
 잠시 후, 다듬이질 소리가 멈추고 문이 열렸다.
 안에서 노파가 밖을 내다보고는 벌떡 일어서며 말했다.
 "아이구, 스님께서 탁발을 나오셨구먼요. 잠시만 지체해 주십시오. 내 곧 양식을 담아오겠습니다요."
 아도스님이 손을 내저으며 말했다.
 "아니옵니다, 어머니. 소승이옵니다."

양식을 가지러 급히 나가려던 어머니는 눈을 동그랗게 뜨고 아도스님을 쳐다보았다.

"아니, 그러면……"

아도스님이 합장을 하며 말했다.

"저올습니다 어머니, 아도이옵니다."

떨리는 목소리로 어머니가 물었다.

"…… 아도라고 그러셨는가?"

아도스님이 고개를 끄덕였다.

"예. 아버님의 아굴마에서 아자를 따고, 어머님의 고도령에서 도자를 따서 아도라는 법명을 내려받았사옵니다."

아도스님이 짚고 서있는 주장자를 가리키며 어머니가 물었다.

"허면, 그 주장자는 웬 주장자이시던고?"

"예, 스승이신 현창화상께서 저에게 이 주장자와 발우를 친히 내려주셨사옵니다. 절 받으십시오, 어머니."

오랜만에 뵙게 된 어머니께 아도스님이 절을 하려 하자, 어머니는 펄쩍 뛰는 것이었다.

"아니될 말씀!"

"예?"

아도스님은 어안이 벙벙해서 엉거주춤 서서 어머니를 쳐다보왔다.

"이제 이 늙은 것이 스님께 인사를 올릴 것이니, 어서 들어오셔서 정좌하고 앉으십시오."

"예에?"

호호백발이 다 된 어머니는 아들인 아도스님을 방 안으로 들어오게 한 뒤 절부터 올리는 것이었다.

아도스님은 몸둘 바를 몰라서 쩔쩔매었다.

"아, 아이구 이거 어찌 이러시옵니까, 어머니."

그러나 늙은 어머니는 카랑카랑한 목소리로 말했다.

"세속의 인연으로 따지면 어미와 자식의 사이였으니, 자식이 어미에게 인사를 올리는 게 마땅한 도리이겠으나, 이제 세속의 인연은 다하고 주장자까지 물려받은 스님이 되었으니 마땅히 불가의 법도를 따라 예를 갖춤이 합당할 것이오."

아도스님이 어머니를 쳐다보며 말했다.

"아, 아니옵니다 어머니, 소승 비록 스승의 주장자와 발우를 전해받은 승려의 신분이 되었다 하나, 감히 어찌 저를 낳아주신 어머니를 모른다 할 수 있겠사옵니까?"

어머니가 타이르듯 조용한 목소리로 말했다.

"이것 보시오, 아도스님! 스님이 되셨으면 불가의 법도를 따라야 할 것이니, 이제부터는 이 늙은 것을 어머니라 불러서는

아니되실 것이오."

아도스님이 놀란 눈을 하고 어머니를 쳐다보았다.

"하오면 대체 어찌 부르란 말씀이시옵니까?"

어머니가 말했다.

"중국에서는 어찌 부르는지 모르겠으나, 우리 고구려 사찰에서는 보살로 부른다고 흥덕사 스님이 그러셨지요. 그러니, 앞으로는 보살이라고 부르도록 하십시오."

극진하게 존대를 쓰는 어머니 앞에 아도스님은 할 말을 잃고 말았다.

"…… 잘…… 알겠습니다."

잠시 아도스님을 말없이 쳐다보던 어머니가 갑자기 생각이 나는 듯 말했다.

"헌데, 이 늙은 것이 아도스님에게 전해줄 말이 있어요."

어머니를 쳐다보며 아도스님이 물었다.

"…… 무슨…… 말씀이시온지요?"

"흥덕사 스님이 작년에 세상을 떠나셨는데, 세상을 떠나기 석 달 전쯤에 나를 부르시더니만 이렇게 당부하시는 것이었어요.

'이것 보시오, 보살. 그 아이는 반드시 훌륭한 승려가 되어서 돌아올 것이니 그때를 기다리시오. 그리고 그 아이가 승려가 되어 돌아오거든 동남쪽 신라 땅에는 아직 부처님의 가르침이 전해지지 못하고 있으니 반드시 신라 땅으로 들어가 부처님의 가르침을 전하라 이르시오. 신라 땅 서울 부근에는 일곱 곳에 절을 지을 좋은 터가 있으니 첫째는 금교 동쪽 천경림이요, 둘째는 삼천의 갈래요, 셋째는 용궁의 남쪽이요, 넷째는 용궁의 북쪽이며, 다섯째는 사천의 끝이요, 여섯째는 신유림이요, 마지막 일곱째는 서청전이니, 바로 이 일곱 곳에 절을 세우고 부처님의 말씀을 전하면 길이길이 부처님의 말씀이 이어질 것이오.'

이렇게 당부하시면서 이 일곱 곳의 땅을 여기 이렇게 자세히 적어주셨지요. 자, 보십시오."

어머니는 종이를 펼쳐서 아도스님에게 내밀었다.

어머니가 내민 종이를 들여다 보면서 아도스님이 말했다.

"첫째는 금교 동쪽 천경림, 둘째는 삼천의 갈래……. 아니, 그러면 그 스님께서는 소승더러 고구려 땅을 벗어나 신라 땅으로 들어가라 당부하셨단 말씀이시옵니까?"

아도스님의 물음에 어머니가 대답했다.

"이 늙은 것이 더 이상 무엇을 알겠습니까마는, 흥덕사 그 스님은 그 옛날 우리 모자의 목숨을 구해주시고 여러 가지로 은덕을 베풀어주신 분이니 그 은혜를 갚을 길이 없던 차에, 마지

막으로 이런 당부를 남기셨으니, 그래서 이렇게 전하는 것이지요."

아도스님이 다시 물었다.

"하오면 신라 땅에는 아직 부처님의 가르침이 전해지지 아니했단 말씀이시던가요?"

"그 스님의 말씀으로는 여러 차례 고구려 승려를 보냈었으나 번번히 신라 군사들에게 붙잡혀서 죽임을 당했다고 하셨습니다."

아도스님의 얼굴이 어두워졌다.

"…… 신라 군사들에게 죽임을 당하였다구요?"

"우리 고구려와 신라는 견원지간이라 그리 되었다고 하셨지요."

아도스님이 고개를 끄덕였다.

"…… 잘 알았습니다."

어머니가 아도스님을 쳐다보며 물었다.

"허면, 스님은 신라 땅으로 들어갈 작정이십니까?"

아도스님이 고개를 끄덕였다.

"들어가야지요. 고구려와 백제에는 이미 부처님의 정법이 널리 퍼져 고해 중생들에게 지혜와 자비를 나누어 주고 있거늘, 신라 땅에만 유독 부처님의 가르침이 전해지지 아니했다니, 소승 반드시 그 땅에 들어가 부처님의 정법을 심도록 할 것이옵니다."

어머니가 근심스런 얼굴로 말했다.

"세속 인연의 어미된 도리로는 응당 신라 땅에 들어가는 것을 막아야 할 일이지만, 그동안 입어온 부처님 은혜, 흥덕사 스님의 은혜를 갚을 길이 없는지라, 불가의 법도에 따르고자 하니, 이 늙은 것의 심정은 심란하기 그지 없습니다."

아도스님이 미소를 띠고 말했다.

"너무 염려마십시오, 보살님. 부처님이 늘 지켜주실 것이옵니다."

어머니 역시 고개를 끄덕였다.

"그러면 이 집에서 사흘만 지체하여 주도록 하십시오. 그동안 보리를 볶아 가루로 만들어 먼길 떠날 채비를 마련토록 하겠습니다."

"아니옵니다. 소승 탁발을 해가면서 신라 땅으로 들어갈 것이옵니다."

어머니가 말도 안된다는 듯이 말했다.

"아니될 말씀! 우리 고구려 땅에서는 탁발로 갈 수 있을지 모를 일이나, 신라 땅에 들어서면 탁발도 여의치 아니할 것인즉 만일의 경우를 생각해서 양식을 바랑 속에 넉넉히 담아 가

지고 가야할 것이오!"

아도스님이 고개를 끄덕였다.

"듣고 보니 옳으신 말씀이옵니다. 하오면 분부하신대로 사흘을 여기서 머물도록 하겠습니다."

어머니가 한 마디 했다.

"그동안 홍덕사에도 다녀 오도록 하시고, 대동강 강바람도 쏘이도록 하시지요."

"예, 참으로 고맙습니다. …… 보살님."

어머니는 밖으로 나가며 합장했다.

"자, 그럼. 나무아미타불 관세음보살…… 나무아미타불 관세음보살……"

아도스님은 이렇게 속가의 어머니와 함께 사흘을 쉰 다음, 어머니가 정성스럽게 만들어주신 넉넉한 보릿가루를 바랑에 넣고, 멀고 먼 신라 땅을 향해 집을 나서게 되었다.

"자, 그럼 소승 이만 떠날까 하옵니다."

"그래요. 어서 어서 떠나도록 하시오."

아도스님이 허리를 깊이 숙이며 인사했다.

"아무 염려 마시고 평안히 잘 계십시오."

어머니도 합장하며 말했다.

"이 늙은 것일랑 걱정할 것 없고 어쩌든지 그저 몸 성히 잘 지내도록 하시오."

아도스님도 합장하며 늙은 어머니를 쳐다보았다.

"자, 그럼 그만 들어가십시오."

"내 걱정은 말고 어여 어여 떠나도록 하시오. 그리고 신라 땅의 일곱 곳에 절을 세우고, 그 절에서도 독경 소리가 울리게 해주시오."

아도스님의 목소리가 떨렸다.

"소승 반드시 신라 땅에도 부처님 말씀을 전할 것이옵니다. 자, 그럼 부디 평안히 잘 계십시오."

아들을 떠나보내는 어머니의 목소리도 떨리기는 마찬가지였다.

"……부디 잘 가시오, 잘 가요."

호호백발이 다 된 어머니는 스님이 된 아들의 뒷모습을 마냥 바라보고 있었다.

죽기를 각오하고 들어가는 신라 땅, 어쩌면 이것이 아들을 마지막으로 보는 것인지도 모른다는 생각을 하니, 어머니는 그만 목이 메이는 것이었다.

"이, 이것 보시오, 스님."

아도스님이 돌아서며 어머니를 쳐다보았다.

"예, 왜 그러시옵니까?"

어머니의 눈에는 이슬이 맺혀 있었다.
아도스님은 얼른 눈길을 돌렸다.
"아, 아니오. 어서 어서 가시오. 부디 부디 몸 조심하고……."
어머니는 목이 메어서 더이상 말을 잇지 못했다.
아도스님 역시 목이 메어왔다.
"그만 들어가십시오. 제 걱정은 마시구요."
어머니가 어서 가라는 손짓을 하며 말했다.
"그래요…… 그래요…… 나무관세음보살, 나무관세음보살."
이렇게 어머니와의 짧은 해후를 마치고 떨어지지 않는 걸음을 재촉한 아도스님은, 평양을 떠난 지 근 한 달 만에야 고구려와 신라의 국경 근처에 당도할 수 있게 되었다.
국경을 지키던 군졸이 아도스님을 막았다.
"멈추어랏!"
아도스님이 뒤돌아 보며 물었다.
"으음? 아니, 날더러 하는 말이시오?"
군졸이 큰 소리로 말했다.
"아니 그럼 이 깊은 산중에 당신 말고 또 누가 있단 말이냐?"
"아니 어쩐 일로 이러신단 말이시오?"
"잔소리 말고 시키는대로 해야 할 것이다! 손에 든 지팡이를 놓고 등에 진 짐을 그 자리에 벗어놓아라!"
 아도스님이 난처한 표정을 지었다.
 "허허, 이런! 그러는 당신은 산적이란 말이던가?"
 군졸의 목소리가 더 커졌다.
 "말 조심 해라! 나는 산적이 아니라 고구려 순라꾼이거늘, 너는 대체 어느 나라 백성인가?"
 아도스님이 조용한 목소리로 말했다.
 "나는 본래 고구려 평양성 밖의 흥덕사에 있던 중이온데, 중국에 가서 공부하고 돌아온 아도라고 하오만……."
 군졸이 아도스님을 자세히 쳐다보며 말했다.
 "아니 이거 생김새며 얼굴빛이 우리 고구려 백성은 아닌것 같은데?"
 아도스님이 웃으며 말했다.
 "잘 보셨소이다. 아버지는 위나라 사람이요, 어머니는 고구려 분이라 보다시피 이렇게 얼굴색이 검소이다."
 군졸이 고개를 갸우뚱거리며 물었다.
 "그러면 대체 중국 백성이란 말이요, 우리 고구려 백성이란 말이오?"
 아도스님이 웃음을 머금은 목소리로 말했다.
 "그야 물론 고구려 땅에서 고구려 분을 어머니로 태어나서

고구려 밥을 먹고 자랐으니 고구려 백성이지요."

그러자 군졸이 다시 물었다.

"그러면 대체 무슨 일로 이렇게 신라 국경을 얼씬거리고 있었단 말이시오?"

"예, 듣자하니 신라 땅에는 아직 부처님의 가르침이 전해지지 아니했다 하기로, 소승이 신라에 들어가 부처님의 가르침을 전할까 하는 길이지요."

군졸은 기가 막히다는 표정이었다.

"허허, 이 스님 이거 큰일 날 소리를 하고 있구먼, 그래."

"큰일 날 소리라니요?"

군졸이 답답하다는 듯 말했다.

"아, 이것 보시오 스님. 신라와 우리 고구려는 오래 전부터 견원지간이라 서로 붙잡아 죽이는 사이이거늘 감히 어찌 고구려 백성의 신분으로 신라 땅에 들어가겠다는 게요?"

아도스님이 조용하게 말했다.

"견원지간이긴 하나 죽고 죽이는 것은 어리석은 세속의 일, 출가득도하여 수행하는 사람을 설마한들 붙잡아 죽이기야 하겠소이까?"

"허허, 이 스님 참으로 소식이 깜깜 절벽이시로군, 그래. 아, 지금 신라 군졸들이 이런 사정, 저런 사정 구별해서 살리고 죽이는 줄 아시오?"
 아도스님이 차분하게 말했다.
 "글쎄, 내가 이 산 너머 신라 땅으로 들어가서 죽고 아니 죽고는 내게 달린 일. 그러니 어서 가던 길을 가게 해주시오."
 군졸이 눈을 흘기며 말했다.
 "허허, 이런 답답한 스님을 보았나! 아, 글쎄 이 산만 넘으면 신라 군졸에게 붙잡혀서 죽임을 당할 것이 불을 보듯 뻔한데 대체 무엇 때문에 부득불 사지로 들어가겠다는 게요, 글쎄?"
 아도스님도 끈질기게 말했다.
 "방금도 말씀드렸지만, 신라 땅에 부처님의 가르침을 전하러 가는 길이오."
 "허허, 나 이런 참! 아 글쎄 죽음을 무릅쓰고 부처님 가르침을 신라 땅에 전하면 밥이 나온답디까, 옷이 나온답디까? 저 무지막지한 신라 군졸들이 부처님이 누군지 알기나 한답디까요?"
 답답해 하는 군졸에게 아도스님이 태연하게 말했다.
 "모르고 있으니 가서 가르쳐주어야지요. 서로 욕심내고 화내고 다투고 죽이는 일, 이 모든 어리석은 일들을 그만 두게 해야지요."
 아도스님은 지저귀는 새들을 가리키며 말을 이었다.

"저 날짐승들도 이 산 저 산을 제멋대로 넘나들며 다투지 아니하고 잘 지내거늘, 어찌 사람이 산 하나를 사이에 두고 쫓고 쫓기며 붙잡아 죽이는 끔찍한 일을 계속한단 말입니까?"

아도스님은 발길을 옮기며 말했다.

"가던 길 마저 갈것이니 그리 아시오."

군졸이 마지못해 한 마디 했다.

"여, 여보시오, 스님! 붙잡혀서 죽임을 당해도 날 원망하진 마시오."

# 8
## 드디어 신라 땅으로

아도스님은 고구려 순라꾼의 만류를 뿌리치고 기어이 산을 넘어 신라 땅으로 들어섰다. 천만다행스럽게도 신라 순라꾼에게는 발각되지 아니하고 산에서 벗어날 수 있었다.

아도스님은 산에서 벗어나 한 외딴 집을 발견하고 급히 발걸음을 옮겼다.

외딴 집에 당도한 아도스님은 조심스럽게 말했다.

"주인 어른 계시옵니까요? 주인 어른 계시온지요?"

아도스님이 조심스럽게 주인을 찾으니, 한참만에야 문이 열렸는데 뜻밖에도 문을 열고 나온 사람은 중년 아낙네였다.

"뉘시온지요?"

"예, 지나가던 나그네가 잠시 쉬어갈까하여 들렀사옵니다."

아도스님이 고개를 숙여 인사를 하고 다시 고개를 드는 순간

이었다.

아낙네의 놀란 목소리가 들렸다.

"아이구머니나! 자, 자, 잠시만 기다리십시오!"

중년 아낙네는 아도스님의 얼굴을 보자마자 소스라치게 놀라며 방 안으로 뛰어 들어가버리는 것이었다.

아도스님은 불현듯 불길한 생각이 들었다.

그런데 잠시 후, 이번에는 쉰 살쯤 되어 보이는 건장한 사내가 방문 앞에 나타나는 것이었다.

"대체 누가 왔기에 그리도 놀란단 말이냐?"

사내는 아도스님을 보고는 물었다.

"대체 어디서 온 뉘시온지요?"

아도스님이 고개를 숙이며 대답했다.

"예, 잠시 지나가던 나그네이온데 잠시 쉬어갈까 하여 들렀사옵니다."

아도스님을 쳐다보던 사내가 급히 말했다.

"아이구, 이런! 그러고보니 댁은 불도를 모시는 스님이 아니신지요?"

"그, 그렇소이다마는……."

사내가 황급히 말했다.

"이거 큰일날 뻔 했구먼. 어서 들어 오시오! 다른 사람의 눈에 띄면 살아남지 못할 것이오!"

"예에?"

우물쭈물거리며 서있는 아도스님을 사내가 재촉하였다.

"아, 어서 들어오시라니까요!"

"아, 예."

아도스님은 그 집 주인이 허겁지겁 끌어들이는 바람에 엉겁결에 방 안으로 들어갔다.

집 주인은 급히 방문을 닫았다. 그리고는 아도스님에게 물었다.

"누구, 다른 사람을 만난 일은 없으셨소이까?"

아도스님이 주인 남자를 쳐다보며 대답했다.

"아, 예. 아무도 만난 사람은 없었소이다만……."

주인 남자가 안도의 숨을 내쉬며 말했다.

"그렇다면 우선은 안심이오만, 대체 스님은 무엇 하러 또 우리 신라 땅에 들어오셨소이까?"

아도스님이 주인 남자를 쳐다보았다.

"아, 예. 하온데 제가 출가득도한 승려라는 것을 어찌 아시는지요?"

"그야 잘 압지요. 몇 년 전, 우리 집에 꼭 스님처럼 이렇게 얼굴 검은 분이 찾아오셔서 숨어 지내다가 돌아가신 일이 있

었으니까요."

아도스님이 의아해서 물었다.

"…… 돌아가시다니요?"

주인 남자가 말했다.

"제자라는 두 사람을 데리고 와서 수리수리마하수리 수수리 사바하 하고 이상스런 주문을 외우시더라구요. 나중에야 그것이 불경을 외우는 것이라는 걸 알았습지요만……"

"그, 그래서요?"

"얼굴이 검은 분이라 우린 그저 묵호자라고 그렇게 불렀구요. 그리고 또 머리를 박박 깎았으니 아이들 머리 모양같다고 해서 아두라고도 불렀습지요."

아도스님이 궁금하여 주인 남자를 재촉해서 물었다.

"아, 예. 그, 그래서 어찌 되셨는지요?"

"얼마동안 우리 집 골방에 숨어지내시며 불경을 외우고 부처님 말씀이라면서 우리 식구들에게 전해주기도 하시더니 시름시름 병이 들어 돌아가시고 말았습지요."

아도스님이 혀를 끌끌 찼다.

"원, 저런! 그, 그러면 그 제자라는 사람들은요?"

"얼굴 검은 그 스님이 세상을 뜨시자, 제자 두 사람은 고구려로 돌아가고 말았습지요."

아도스님이 고개를 끄덕였다.
"아, 예. 그런 일이 있으셨군요."
아도스님의 얼굴을 자세히 쳐다보며 주인 남자가 말했다.
"아까 처음에 스님을 보았을 적에 사실은 나도 가슴이 철렁 했었습니다요."
아도스님이 물었다.
"아니, 왜요?"
"아, 몇 년 전에 돌아가신 그 분이 살아서 돌아오신 줄 알았지 뭐겠습니까요, 글쎄!"
아도스님이 알겠다는 듯이 고개를 끄덕였다.
"아, 예. 그래서 부인께서도 저를 보시자마자 놀라셨던 모양이군요?"
그러자 주인 남자가 펄쩍 뛰었다.
"아이구, 부인이라니요? 내 누이 동생입니다요."
"아, 예. 그러셨군요."
주인 남자가 방 안을 향해서 소리쳤다.
"이것 보아라, 사시야! 놀라지 말고 나와서 인사 드려라. 이분은 다른 스님이시다."
조금 전 소스라치게 놀라서 방 안으로 뛰어 들어갔던 그 아낙네가 나와서 다소곳이 무릎을 꿇고 아도스님에게 인사를 올

렸다.

"…… 처음 뵙겠사옵니다."

"아, 예. 놀라게 해드려서 죄송합니다."

주인 남자가 말했다.

"저는 털 모 자, 예돈 예 자, 모례라고 합니다요. 그리고 이 아이는 사기 사 자, 모실 시 자, 사시라고 하는구먼요."

아도스님이 합장을 하며 말했다.

"아, 예. 인사가 늦었습니다. 소승은 나 아자, 길 도자, 아도라고 하옵니다."

인사를 마친 후, 주인 남자가 물었다.

"헌데, 스님. 대체 어쩌자고 이렇게 또 신라 땅에 들어오셨습니까요?"

아도스님이 고개를 갸웃했다.

"오늘 처음 오는 길이온데 또 왔느냐니요?"

주인 남자가 말했다.

"이것 보십시오, 스님. 재작년에도 정방이라는 고구려 스님이 신라 땅에 들어왔다가 붙잡혀 죽었구요. 자년에도 멸구자리는 고구려 스님이 신라 땅에 들어왔다가 붙잡혀 죽었습니다요. 그런데 대체 무엇 하러 또 들어오셨느냐는 말씀입니다요? 잡히면 죽는데 말입니다요!"

누이라는 아낙네도 한 마디 하였다.
"말씀드리기 죄송하오나 날이 어두워지거든 고구려로 달아나심이 좋을 것이옵니다."
아도스님이 신라 땅에 들어와서 처음 찾아간 곳은 지금의 경상북도 선산군 해평면 모례의 집이었다.
그러나, 고구려 스님들이 부처님 말씀을 전도하기 위해 신라 땅에 들어왔다가 번번히 신라 군사에게 붙잡혀 죽임을 당하는 것을 보아온 모례는 아도스님에게 다시 고구려로 되돌아갈 것을 간곡히 당부하는 것이었다.
아도스님은 난처할 수밖에 없었다.
"재차 말씀드리거니와 고구려에서 온 스님은 두 번 다 신라 군사에게 붙잡혀 무참하게 죽임을 당하였사옵니다."
아도스님이 모례에게 물었다.
"허면, 신라 군사들이 자기들 마음대로 죽였단 말씀이신지요?"
사시가 대답했다.
"아니옵니다. 처음에는 이상한 의복에 이상한 머리 모양이라 하여 백성들이 관아에 알렸고, 고구려 군사의 염탐꾼이라 하여 붙잡아다가 문초를 했다 하옵니다."
아도스님이 다시 물었다.

"그러면 세속을 떠난 출가 승려인 것을 알게 되었을 터인데, 염탐꾼이 아닌 줄을 뻔히 알면서도 기어이 죽이고 말았단 말이옵니까?"

모례가 대답했다.

"그야 물론 그 스님들이 염탐꾼이 아니라는 것은 임금님도 대신들도 다 아셨을 것이옵니다."

아도스님은 이해가 안된다는 표정이었다.

"…… 그걸 다 알면서도 승려들을 죽이다니 참으로 괴이한 일이 아니옵니까?"

모례가 심각하게 말했다.

"스님, 스님께서는 이 일을 아셔야 하옵니다."

"…… 무슨…… 말씀이신지요?"

"우리 신라에서는 예로부터 궁궐에서 백성들에 이르기까지 산신을 믿고, 목신을 믿고, 바닷가에서는 용왕신을 믿고 있사옵니다."

아도스님이 고개를 끄덕이며 말했다.

"그, 그야 고구려에서도 백제에서도 전에는 그랬슈지요."

"그렇게 산신께 제사를 올리고, 큰 고목의 목신께 제사를 올리고, 용왕신께 제사를 올리며 살아왔는데, 생전 듣지도 보지도 못하던 부처님을 믿고 의지하라 하니, 이거야말로 삿된 교라

해서, 그래서 스님들을 죽인 것입니다."

아도스님이 탄식을 하였다.

"오, 어리석을진저! 부처님의 가르침을 삿된 교라 하다니……"

사시가 덧붙여서 말했다.

"고구려에서 온 스님들이 백성들의 눈을 속이고, 귀를 속여 민심을 소란케 했다는 죄목으로 결국은 스님들의 목숨을 빼앗았다 하옵니다."

모례가 간곡하게 말했다.

"하오니, 스님. 다른 사람의 눈에 띄기 전에 오늘밤 야음을 이용해서 다시 고구려로 돌아가십시오."

사시도 떨리는 목소리로 말했다.

"차마 스님께서 또 죽임을 당하는 일은 못보겠나이다."

신라 땅에 들어와서 맨처음 찾아간 모례의 집에서, 모례와 그의 누이 동생이 이렇게 간청하고 나오는데야 아도스님도 더 이상 돌아가지 아니하겠다고 버틸 수도 없는 노릇이었다.

아도스님은 이러지도 저러지도 못하고 잠시 깊이 생각에 잠겼다.

마침 그때 개짖는 소리가 들렸다.

사시가 말했다.

"스님께서는 저 소리를 잘 들어보십시오."
"무슨…… 소리 말씀이시오?"
모례가 말했다.
"가만히 들어 보십시오. 개짖는 소리가 들려올 것이옵니다."
아도스님이 물었다.
"저 개짖는 소리가 어떻다는 말씀이신지요?"
사시가 설명하였다.
"저희 집에서 모퉁이만 하나 돌아가면 아랫마을이옵니다. 산으로 나무하러 가는 장정들도 저희 집에 자주 들르고, 산으로 나물 뜯으러 가는 아낙네들도 저희 집에 자주 들르곤 하니, 스님께서 여기 계시면 마을 사람들의 눈에 띄기가 쉽사옵니다."
이어서 모례가 말했다.
"이 근처 농토도 대부분 아랫마을 사람들의 것이라 남의 눈에 띄지 않기가 여간 어려운 일이 아니옵니다."
아도스님이 힘없이 말했다.
"…… 알겠습니다."
사시가 안되었다는 듯이 아도스님을 쳐다보며 말했다.
"그렇다고 해서 오라버니나 제가 스님을 문전박대하려고 이러는 것은 결코 아니옵니다. 세상이 하도 험한 세상이요, 세상 인심이 하도 살벌한 판이라, 스님 신변에 또 그런 일이 닥칠까 그것이 겁이 나서 그러는 것이옵니다. 용서하옵소서."

아도스님이 말했다.

"아, 아니옵니다. 내가 이 댁에 숨어있다가 두 분께 재앙이 닥치게 해서야 아니될 일이지요. 하오나, 소승 두 분께 부탁이 하나 있사옵니다."

모례가 물었다.

"…… 부탁이시라니요?"

"생자필멸이요 회자정리라, 부처님께서 이르시기를 한 번 태어나면 반드시 죽고, 한 번 만나면 반드시 헤어져야 한다고 하셨습니다. 소승 비록 출가한 몸이지만 언젠가는 반드시 죽어야 할 몸입니다. 잡혀서 죽거나, 병들어서 죽거나, 늙어서 죽거나, 죽는 것은 이미 정해진 이치입니다. 저는 신라 땅의 백성들에게 부처님의 자비로운 가르침을 전하려고 죽음을 무릅쓰고 기왕에 들어왔으니, 저기 저 뒷산에 굴을 파고 숨어서라도 지내고자 하오니, 이것만은 눈감아 주십사 부탁드리는 것이오."

모례가 눈을 동그랗게 뜨고 물었다.

"저기 저 뒷산에 굴을 파고 숨어서 지내시겠다구요?"

사시도 걱정스럽게 물었다.

"그러시다가 나뭇꾼이나 나물 캐는 아낙네들의 눈에라도 발각되시면 대체 어쩌시려구요?"

아도스님이 대답했다.

"소승 이미 세속을 떠난 출가 수행자의 몸, 이 바랑 속에는 몇 권의 부처님 경책과 밥그릇 하나, 그리고 며칠간 먹을 보릿가루가 전부이니 도둑을 만나도 두려울 것이 없을 것이요, 이미 죽기를 각오했으니 붙잡힌들 무서울 것이 없음이니 조금도 염려할 일이 없을 것이오. 자, 그럼 나는 산속으로 들어가겠소이다."

아도스님이 돌아서려 하자, 사시가 불렀다.

"자, 잠시만요, 스님."

"왜 그러시옵니까요?"

"그전에 묵호자스님께서 숨어 지내시던 골방에라도 하룻밤 편히 쉬었다 가십시오."

모례도 고개를 끄덕이며 겸연쩍게 말했다.

"그, 그렇게 하십시오. 이거 원 사람의 도리가 아니라서 말씀입니다요."

# 9

## 세상을 바로 보아라

　아도스님이 신라 땅에 도착하여 맨처음 찾아간 모례의 집은 우리나라 불교 역사에 길이길이 기록될 역사적인 곳이었다.
　이 집 주인 모례와 모례의 누이동생 사시는 원래부터 성품이 착하고 어진데다가 마음 속에 이미 불심이 싹트고 있었던 터라, 차마 아도스님을 한밤중에 산속으로 내쫓지를 못한 채, 우선 골방에 숨겨주고 음식을 정성스레 대접하였다.
　"이거 정말 졸지에 찾아와서 너무나도 큰 은혜를 입었소이다."
　아도스님의 인사에 모례가 대답했다.
　"아이구 원 무슨 말씀을요. 제가 어렸을 적에만 해도 신라다 고구려다 백제다 서로 싸우고 죽이고 그런 일 없이 오며 가며 그러고들 살았는데 말씀입니다요. 이거 원 세상이 어찌 될려고

이렇게 싸움질만 하고 있는지 원……."

아도스님이 고개를 끄덕였다.

"이게 모두 다 몇몇 우두머리의 탐진치 삼독 때문에 일어나는 괴로움입지요."

사시가 물었다.

"탐진치 삼독 때문이시라니 무슨…… 말씀이시온지요?"

아도스님이 모례와 사시를 쳐다보며 설명하였다.

"서로 왕이 되려는 욕심, 서로 많은 땅, 많은 백성을 다스리려는 욕심, 서로 더 많이 먹고, 서로 더 많이 입고, 서로 더 뽐내려는 욕심, 바로 이 욕심이 첫째 화근이요, 서로 미워하고, 서로 성질내고, 서로 죽이려는 그 못된 마음이 둘째 화근이요, 많이 빼앗고, 많이 가지고, 많이 차지하면 천 년 만 년 오래오래 살줄 아는 어리석은 마음, 바로 그것이 셋째 화근이니 이 세 가지를 일러 세 가지 독이라고 부처님께서 이르셨습니다."

모례가 아도스님을 쳐다보며 물었다.

"그, 그러면 말씀입니다요 스님, 대체 어떻게 하면 이 환난을 없앨 수 있겠는지요?"

"사람마다 부처님의 가르침을 믿고 배우고 의지하여 첫째는 욕심내는 마음을 버리고, 둘째는 화내는 마음을 버리고, 셋째는 어리석은 마음을 버리면 세상은 아무 탈이 없어지게 될 것입니다."

 사시가 고개를 끄덕인 후 물었다.

 "하오면 기왕에 이렇게 스님을 만나뵈온 김에 한 가지 여쭙고자 하옵니다만……."

 "…… 말씀하시지요."

 사시가 한숨을 내쉬며 말했다.

 "저는 어찌 이리 박복한 여자이온지, 출가한 지 사흘만에 남편이 싸움터에 나가 목숨을 잃는 바람에 이렇게 오라버니 댁에 돌아와서 이리 지내고 있사옵니다."

 모례 역시 얼굴을 찌푸리며 말했다.

 "기, 기왕지사 이 아이가 말을 꺼낸 김에 말씀을 덧붙이자면 소생도 박복하기는 마찬가지이옵니다. 슬하에 두 아들이 있었사온데 싸움터에 나가 둘 다 죽고, 아내는 홧병으로 시름시름 앓다가 수년 전에 세상을 뜨고, 이 지경으로 이 아이 손에 밥을 얻어먹고 있습지요."

 아도스님이 혀를 끌끌 차며 말했다.

 "그래서 부처님께서는 우리의 세상살이를 고해 바다라고 이르셨지요. '태어나는 것도 괴로움이요, 늙는 것도 괴로움이며, 병들고 죽는 것도 괴로움이다. 사랑하는 사람과 헤어지는 것도 괴로움이요, 미운 사람과 만나는 것도 괴로움이며, 갖고자 하는

것을 갖지 못하는 것도 괴로움이요, 다섯 가지 욕심 일어나는 것 또한 괴로움이니, 인생살이는 당초부터 괴로움의 바다이니라. 허나 어리석은 중생들이 인생살이를 즐거움으로 잘못 알고 욕심을 채우면 즐거워질까, 미운 놈을 죽이면 즐거워질까, 많이 먹고, 많이 입고, 많이 쓰면 즐거워질까 바둥거리면서 점점 더 큰 괴로움에 빠져드느니라.' 이렇게 말씀하셨습니다."

아도스님의 말을 조용히 듣고 있던 사시가 다시 물었다.

"하오면 스님, 대체 어떻게 하면 그 많은 괴로움의 바다에서 헤어날 수가 있을런지요?"

"우선 세상을 바로 보아야 합니다. 이를테면 여기 이 그릇에 간장이 담겨 있거니와 여기 이 그릇에 담긴 간장이 달콤한 줄 알거나 새콤한 줄 알면 바로 보았다고 하겠습니까?"

모례가 대답했다.

"그, 그야 바로 본 것이 아닙지요."

"그러면 여기 이 그릇에 담긴 간장이 향긋한 줄 안다면 이는 바로 보고 바로 안다고 하겠습니까?"

"아니옵니다. 잘못 보고 잘못 안다고 할 것이옵니다."

"여기 이 그릇에 담긴 간장이 짜다는 것을 제대로 보고, 제대로 안다면, 그 사람은 간장을 찍어 맛을 보고도 화를 내거나 성질을 내지는 않을 것이옵니다. 그렇지 않겠습니까?"

모례가 고개를 끄덕이며 대답했다.

"그, 그야 간장이 짠 줄 알고 먹었으니 화를 내거나 성질을 내지는 않을 것이옵니다."

아도스님이 다시 말했다.

"허나, 간장이 달콤한 줄 잘못 알고 있던 사람은 막상 간장을 먹어본 다음에는 달콤하지 아니하기 때문에 화를 내고, 성질을 낼 것이니 더더욱 큰 괴로움에 빠지게 됩니다."

사시가 고개를 끄덕였다.

"하오면 세상만사 제대로 보고, 제대로 알면 괴로움의 바다에서 벗어난다 그런 말씀이시온지요?"

아도스님이 고개를 끄덕인 후 법문을 계속했다.

"사람의 육신은 허망한 것입니다. 남편도, 아내도, 자식도 오래오래 그대로 있지를 아니합니다. 아니 사람의 육신만이 아니지요. 집도 땅도 재물도 항상 그대로 있는 것은 아무것도 없으니, 그래서 부처님께서는 세상만사 무상하다 하셨습니다. 없을 무자, 항상 상자, 항상 그대로 있는 것은 없다, 그런 뜻이지요. 허나, 우리 어리석은 중생은 남편도 아내도 자식도 재물도 부귀영화도 항상 그대로 있을 줄 잘못 알고 있다가 그대로 있어주지 아니하고 사라져버리면 그만 괴로워하고 슬퍼하고 불행해 합니다. 무명에 덮혀 어리석은 탓이지요."

　아도스님의 법문을 듣고 있던 모례와 모례의 누이 동생 사시는 어느덧 아도스님의 법문에 이끌려 세상살이 괴로움의 실체를 차츰차츰 알게 되었으니 두 사람은 가뭄에 단비를 만난듯이 참으로 기뻐하였다.
　열심히 듣던 사시가 물었다.
　"하오면 스님, 우리같은 백성들이 어떻게 세상을 살아야 마음 편하게 살 수 있을런지요?"
　"한 생각만 바꾸시면 마음이 편안해질 것입니다. 사람이든, 축생이든, 새든, 벌레든, 죽이고 잡을 생각 대신에 살려줄 생각을 하시고 놓아줄 생각을 하십시오. 그러면 마음이 편안해질 것이옵니다. 또한 무엇이든 빼앗을 생각, 더 가질 생각 대신에 오히려 나누어줄 생각, 보태줄 생각을 하십시오. 그러면 마음이 편안해질 것이옵니다. 또한 남을 원망하고 미워하고 원한을 품는 대신에 남을 가엾이 여기고, 불쌍히 여기고, 도와줄 생각을 하십시오. 그러면 마음이 편안해질 것이옵니다. 또한 남을 탓하고, 욕하고, 꾸짖고, 험담을 하는 대신, 남을 칭찬하고, 남을 고맙게 여기며, 착하고 좋은 말로 남을 기쁘게 해주십시오. 그러면 마음이 늘 편해질 것이옵니다."
　아도스님의 법문을 듣고 마음이 편해진 모례가 물었다.
　"그, 그러면 이와같은 좋은 가르침은 모두 다 부처님의 가르치심이시옵니까요, 스님?"
 "그렇습니다. 부처님께서는 깨달음을 얻으신 이후, 무려 사십오 년이라는 장구한 세월동안, 이 세상 고해 중생들을 위해 갖가지 지혜로운 가르침과 자비로운 가르침을 자세히 일러주셨으니, 그래서 부처님의 가르침을 믿고 의지하고 배우고 시행하면 중생마다 기쁨을 얻고, 중생마다 괴로움에서 벗어난다고 하였습지요."
 사시가 편안한 얼굴로 말했다.
 "아! 스님, 스님의 오늘 말씀을 듣는 것만으로도 마음이 아주 편안해졌으니 참으로 고맙습니다."
 모례 역시 한 마디 했다.
 "어찌하여 고구려 스님들이 죽기를 마다하고 전도하러 오셨는지, 이제야 높으신 그 뜻을 알 것 같사옵니다."
 사시가 말했다.
 "이제 밤이 너무 야심하였사오니 그만 편히 쉬시도록 하십시오."
 아도스님이 고개를 숙이며 말했다.
 "생면부지의 소승에게 이렇듯 따뜻한 대접을 베풀어 주시니 참으로 고맙고 송구스럽습니다."

그 다음날 이른 아침이었다.

아도스님은 먼길을 왔던 탓으로 고단했던지라 깊은 잠에 들었다가 나직히 창문을 두드리며 부르는 소리에 잠에서 깨었다.

모례의 목소리였다.

"스님, 스님, 주무시옵니까요?"

아도스님은 자리에서 벌떡 일어나며 대답했다.

"으음? 아, 아 예."

모례가 나직하게 물었다.

"잠시 들어가 뵈어도 괜찮을런지요?"

아도스님이 방문을 열며 대답했다.

"아, 예. 들어오십시오."

모례는 들어와서 방문을 닫았다.

그런데 컴컴한 골방 안으로 들어온 이 집 주인 모례는 아도스님에게 뜻밖의 청을 하는 것이었다.

"저, 저희 오누이가 스님께 감히 한 가지 청을 드리기로 했사온데 괜찮을런지요?"

아도스님이 궁금하여 물었다.

"무슨 말씀이신지……?"

모례가 머뭇거리며 말했다.

"어젯밤 스님의 말씀을 듣자옵고 너무도 흡족해서 제 누이동생과 생각에 생각을 거듭한 끝에 스님을 늘 곁에 모시고 가르침을 받기로 작정을 했사옵니다. 다만 세상 형편이 워낙 야박한 때인지라 한 가지 묘책을 썼으면 하옵니다만……."

모례가 말끝을 흐리고는 아도스님의 표정을 살피는 것이었다.

아도스님이 물었다.

"묘책이라니 무슨 말씀이신지요?"

모례는 선뜻 말을 하지 못하는 것이었다.

"저…… 말씀드리기 죄송하오나 스님께서 평복으로 갈아입으시고, 머리에는 늘 수건을 뒤집어쓰시면……."

아도스님이 어리둥절한 표정으로 물었다.

"옷을 바꾸어 입고 깎은 머리를 숨기라는 말씀이시옵니까?"

모례가 어색한 표정으로 말했다.

"이거 도리는 아닌줄 아오나, 마을 사람들의 눈을 속이자면 그 방법밖에는 없는지라……."

아도스님이 물었다.

"하오면, 소승이 옷만 바꾸어 입고 머리에 수건을 써서 머리만 가리면 이 집에 함께 있어도 괜찮겠다 그런 말씀이시옵니까?"

모례가 고개를 끄덕이며 머리를 조아렸다.

"이거 정말 말씀올리기 송구스럽사옵니다만, 그리하고 계시면 저희는 마을 사람들에게 머슴을 한 사람 새로 두었다 그렇게 말할 작정이옵니다."

아도스님의 얼굴에 미소가 감돌았다.

"새로 들어온 머슴이라고 말씀하시겠다구요?"

모례가 어색하게 말했다.

"말인즉슨 그렇게 둘러대겠다 그런 말씀입지요, 예."

아도스님이 걱정스럽게 말했다.

"그거야 뭐 머슴이든 행랑아범이든 상관없겠습니다마는, 그러다가 고구려 사람이라는 게 탄로가 나면 그 앙화를 어찌 다 감당하시려구요?"

모례가 상관없다는 듯 말했다.

"스님의 얼굴이 좀 검으신 게 걸리긴 하옵니다만 그땐 뭐 그렇게 둘러대시지요. 고구려 땅에서 묵호자, 묵호자하며 어찌나 놀려대고 들볶아대는지 견디지 못하고 도망나오셨다구 말이지요."

아도스님의 얼굴이 환해졌다.

"이렇게까지 마음을 써주시니 참으로 뭐라고 감사의 말씀을 드려야 할지 소승 몸둘 바를 모르겠습니다."

모례가 손을 저으며 말했다.

"아, 아니옵니다. 그렇게라도 해서 저희 집에 계셔만 주신다면야 저희 가문에 광영이옵니다요."
 갑자기 아도스님이 모례에게 깊숙이 허리를 숙이며 말했다.
 "정말 고맙소이다. 그러면 내 오늘부터 주인 어른으로 모시고 머슴 노릇 잘 하도록 하겠습니다."
 "아, 아이구, 그게 아니옵지요, 스님."
 아도스님이 큰 절을 하며 머슴 노릇을 잘 하겠다고 하자, 모례는 민망하여 어쩔 줄을 몰라하는 것이었다.

# 10
## 머슴스님



 아도스님은 모례와 그 누이동생 사시의 간청을 기꺼이 받아들여 모례네 집에서 머슴 노릇을 하기로 작정하고 농부옷으로 바꿔입고, 머리에 수건까지 질끈 동여매고 나서니, 참으로 영낙없는 머슴의 모습이었다.
 아도스님이 모례와 사시를 쳐다보며 물었다.
 "어떻소이까? 이만하면 마을 사람들이 머슴이라고 보아주겠습지요?"
 모례가 머리를 긁적이며 대답했다.
 "아, 그거야 여부가 있겠습니까? 미슴도 아주 상머슴같아 보이십니다요."
 사시가 어쩔줄을 몰라하며 말했다.
 "아이구, 그런데 이것 참 너무 죄송스러워서 어쩐답니까요?

세상에 원 스님을 머슴으로 속여야 하다니······."
 사시의 걱정에 아도스님이 괜찮다는 듯 손을 저었다.
 "그런건 조금도 염려하지 마십시오. 중생을 제도하기 위해서 부처님께서는 구걸도 마다하지 않으셨습니다."
 모례가 눈을 동그랗게 뜨고 물었다.
 "원 세상에, 아니 그 부처님께서는 왕자로 태어나셨다고 그러던데 구걸을 하셨다니요?"
 "왕의 자리도 버리시고, 사랑하는 아내와 자식까지도 버리시고 출가하신 뒤, 깨달음을 얻고나서 부처님은 매일 아침 손수 여러 집을 돌아다니시면서 밥을 얻어 자셨으니, 그것을 우리 불가에서는 탁발이라 부릅니다마는, 세속에서는 그것을 구걸이라 말하고 동냥이라고 그러지요."
 사시는 믿기지 않는다는 표정이었다.
 "아니 원 세상에, 무슨 까닭으로 부처님께서는 그렇게 밥까지 동냥을 얻어자셨다는 말씀이시옵니까? 제자들이 얻어다 드리면 될 것을 말씀입니다요."
 아도스님이 인자한 표정으로 모례와 사시를 쳐다보며 설명했다.
 "부처님께서는 제자들에게 몸소 본보기를 보이신 것이지요. 출가 수행자는 모름지기 제가 잘났다는 생각을 버리고 스스로

겸손하여 몸을 낮추어야 할 것이니, 밥을 얻어먹는 자가 감히 어찌 아만심을 내거나 뽐낼 생각을 할 수 있겠느냐 그렇게 이르셨던 것입니다."

모례가 알겠다는 듯 고개를 끄덕였다.

"아, 예. 그러니까 제자들에게 잘났다는 생각을 버리게 하시려고 일부러 밥을 얻어자셨단 말씀이로군요."

잠시 모례와 사시를 쳐다보던 아도스님이 다시 입을 열었다.

"또 한 가지 깊은 뜻이 있으셨으니, 출가 수행자들이 밥을 얻으러 다님으로 해서, 세속 사람들로 하여금, 밥을 나누어 주는 공덕심을 기르게 해주신 것이지요."

사시가 잘 알아듣지 못하여 다시 물었다.

"…… 밥을 나누어 주는 공덕심이시라면……?"

아도스님이 설명했다.

"세상 사람은 누구나 자기보다 더 가난한 사람, 자기보다 더 헐벗은 사람을 보면 불쌍하다는 생각을 하게 되고, 가엾다는 생각을 하게 됩니다."

모례가 대답했다.

"그, 그야 인지상정입지요."

"불쌍한 사람, 가엾은 사람을 해치려는 마음을 먹는 사람은 아무도 없을 것입니다."

"그, 그렇습지요, 스님."

"상대방을 불쌍하다 여기고, 상대방을 가엾다고 여기면 그 다음에는 자연히 자비심이 우러나서 무엇이든지 나누어주고 싶고, 무엇이든지 도와주고 싶은 그런 착한 생각을 하게 됩니다."

모례가 고개를 끄덕였다.

"그, 그렇겠습니다요, 스님."

"그래서 부처님께서는 세속 사람들로 하여금 자비심을 기르고, 남을 도와주고 나누어 주는 공덕심을 늘 지니도록 해주기 위해서 제자들에게 탁발로 살아가라 당부하셨던 것이지요."

사시의 얼굴이 환해지며 감탄했다.

"아휴 정말, 부처님의 이야기는 들으면 들을수록 기가 막히는구먼요."

"부처님께서는 이런 좋은 가르침을 장장 사십오 년 동안이나 펴주셨으니 앞으로 저와 함께 차차 배워나가도록 하십시다."

모례와 사시가 고개를 숙이며 말했다.

"아이구, 정말 고맙습니다, 스님."

"아, 이런 좋은 말씀을 온 동네 사람들을 다 모아놓고 들려주었으면 얼마나 좋을까요."

아도스님이 미소를 띠고 말했다.

"염려하지 마십시오. 반드시 그런 날이 오게 될 것입니다."

다음날 이른 새벽, 아도스님은 집주인들이 일어나기도 전에 먼저 일어나서 예불을 올린 뒤에 우물에서 물을 길어다가 부엌에 있는 항아리에 물을 가득 담아놓고, 소 먹을 풀을 한 짐 베어오려고 지게를 짊어지고 뒷산으로 올라갔다.

집주인 모례의 누이동생이 밥을 지으려고 부엌에 들어가보니 항아리에 물이 가득가득 담겨있는지라 이상히 여기고 오라버니를 불렀다.

"이것보셔요, 오라버니. 오라버니 아직 주무십니까요?"

모례가 문을 열고 나오며 물었다.

"무슨 일인데 그러느냐?"

사시가 항아리를 가리키며 물었다.

"이 항아리에 오라버니께서 물을 길어다 부어놓으셨습니까요?"

모례가 사시를 쳐다보며 물었다.

"항아리에 물이라니?"

"이것 보시라구요. 어젯밤엔 분명히 비어 있었는데 항아리마다 물이 가득가득 담겨있으니 말입니다."

모례가 알겠다는 듯이 고개를 끄덕이며 말했다.

"허허, 이거 그러고보니 스님께서 이러신 모양이로구나. 아이구 저런, 스님께서 지게에다 풀을 한 짐 짊어지고 오시네."
 "예에? 아이구머니나, 아 저렇게 정말로 스님을 머슴부리듯 부려먹을 작정이세요?"
 모례가 손을 저었다.
 "아, 아니다. 내가 언제 저런 일을 부탁이라도 했단 말이냐?"
 그리고는 아도스님을 향해 소리질렀다.
 "이, 이것 보십시오, 스님. 이러시면 아니되십니다요."
 아도스님이 들어서며 말했다.
 "그 사이에 일어들 나셨군요."
 사시가 아도스님에게로 뛰어가서 지게를 잡으며 말했다.
 "아이구 스님, 이런 험한 일, 궂은 일을 하시면 아니되십니다요."
 그러자 아도스님이 빙그레 웃으며 말했다.
 "아니옵니다. 기왕 마을 사람들에게 머슴으로 믿게 하려면 이런 일, 저런 일을 가리지 아니하고 해야지, 빈둥빈둥 놀고 먹는 머슴을 누가 믿어주겠습니까?"
 그리고는 아도스님이 정색을 하고 덧붙이는 것이었다.
 "그리고 앞으로는 저를 스님이라고 부르지 마시고 아서방이라고 부르도록 하십시오."
 아도스님의 말에 민망해진 모례와 사시는 고개를 들지 못했

다.

　아도스님이 이렇게 모례네 집에서 머슴 아닌 머슴살이를 하고 있던 그해 여름이었다.

　당시 신라 땅 일선 고을 부근 일대에는 심한 가뭄이 들었다.

　석 달 가까이나 비가 내리지 아니하자, 맨처음 우물물이 줄어들기 시작했고, 그 다음에는 밭에 심은 곡식들이 시들기 시작했다.

　나중에는 논바닥마저 말라붙기 시작했으니 백성들은 그야말로 물 한 바가지라도 더 길어다 놓으려고 밤을 새우는 지경이 되었다.

　그러던 어느날 밤이었다.

　아도스님이 듣자하니, 그날 밤에도 집주인 모례와 그 누이동생이 또 물을 길러 나가는 모양이었다.

　아도스님이 기침을 하며 바깥으로 나갔다.

　사시가 아도스님을 보고 물었다.

　"아니, 스님. 주무시는 줄 알았사온데 아직 주무시지 않으셨사옵니까요?"

　"예, 인기척이 나기에 누가 오셨나 해서요."

　"아이구, 아닙니다요. 물이 하도 귀한 세상이 되어서 다른 사람이 잠잘 적에 물을 한 번 더 길어다 놓을까 하고…… 그래서 나서는 길입니다요."

사시가 아도스님을 쳐다보며 말했다.

"스님께서는 어여 들어가셔서 주무시도록 하십시오. 저희는 우물에 한 번 더 갔다가 오겠습니다요."

그러나 아도스님은 방에 들어가지 아니하고 어렵게 말을 꺼냈다.

"아, 저 이거 주제 넘는 말씀이옵니다마는……."

모례가 아도스님을 쳐다보았다.

"예? 무슨…… 말씀이시온데요?"

아도스님이 모례와 사시를 쳐다보며 천천히 말했다.

"제가 보기에는 큰 항아리에 물이 가득 차 있는 것 같았사옵니다만……."

사시가 얼른 대답했다.

"아, 예. 큰 항아리 하나에는 물을 가득 채워두었습지요."

그러자 아도스님이 말했다.

"그러시다면 오늘밤에는 물을 더 이상 길어오시지 아니하는 것이 도리인 줄로 아옵니다."

사시와 모례는 무슨 뜻인 줄을 알지 못했다.

"예에?"

"…… 무슨…… 말씀이신지요, 스님?"

아도스님이 대답했다.

"날이 하도 가물어서 우물이 언제 말라붙을지 모를 일이라 염려가 되어서 그러시긴 하겠습니다마는, 이거 언짢게 여기시지는 마십시오."

"아, 아닙니다. 어서 말씀하십시오."

"제가 듣기에 어느 집에서는 내일 아침 끓일 물이 없어 걱정이고, 또 어떤 집에서는 당장 마실 물도 없다고 그러더구먼요."

그러자 사시가 말했다.

"그런 집들이야 게을러서 그렇습지요. 밤새도록 자고싶은대로 잠을 자고 아침에야 겨우 우물에 가면 물이 남아 있겠습니까요?"

"그야 옳으신 말씀이십니다마는, 물이란 원래 목타는 데 마실 물이 가장 화급하구요."

모례가 끄덕였다.

"그, 그야 그렇습지요."

"그 다음에는 밥 끓일 물이 또 급하구요, 그 다음에는 목말라하는 가축 먹일 물이 급한 게 아닐런지요."

사시가 고개를 끄덕였다.

"그야 옳으신 말씀이시구먼요."

"그래서 드리는 말씀이옵니다만, 큰 항아리에 가득 물이 있으니 주인어른 댁에서는 아직 물이 화급히 소용되는 것은 아닌 것 같으니 오늘밤에는 다른 사람들이 길어가도록 놓아두시는 게 좋을 것 같아서 드리는 말씀입니다."
모례가 대답했다.
"아, 아이구 이거, 난 또 무슨 말씀이신가 했습지요. 듣고보니 백 번 천 번 옳으신 말씀이라 그, 그렇게 하겠습니다요."
모례가 선뜻 대답을 하자 아도스님이 말했다.
"이거 공연한 간섭 말씀 드려서 죄송합니다만……"
아도스님의 말이 채 끝나기도 전에 사시가 얼른 말했다.
"아, 아니구먼요. 욕심많은 중생이라 우리집 사정만 걱정하느라고 다른 사람 생각은 미처 못했구먼요."
그 다음날 아도스님이 집주인 모례와 함께 산 밑에 있는 논으로 나가보니 논바닥은 이미 말라 거북이 등처럼 갈라지고 있었다.
모례가 걱정스럽게 물었다.
"이 일을 대체 어찌하면 좋겠습니까요, 스님?"
주위를 둘러보던 아도스님이 물었다.
"여기 있는 이 논들은 가뭄만 들었다 하면 늘 이렇게 말라붙었다 그런 말씀이지요?"
"예, 그랬습지요. 다랑이 논에다가 천수답이라 하늘만 쳐다보

는 그런 논입지요. 운이 좋아서 자주자주 비가 와주시면 곡식 가마니나 얻어먹고, 가뭄이라도 들었다 하면 곡식 수확은 커녕 품삯도 건지지 못했습니다요."

아도스님은 논두렁에 선채, 이쪽, 저쪽 산세를 한참이나 둘러보고 나서 집주인 모례에게 말했다.

"하늘에서 떨어지는 빗물로만 농사를 짓는다 해서 하늘 천자, 물 수자, 천수답이라 부르시겠지요?"

모례가 고개를 끄덕였다.

"그, 그렇습지요. 하늘만 쳐다보는 논이라 천수답이지요."

아도스님이 고개를 갸우뚱거리며 생각하다가 입을 열었다.

"제가 보기에는 이 산과 저 산이 만나는 저 골짜기 밑에 우물을 하나 팠으면 하는데요."

모례가 이상하다는 듯이 물었다.

"아니 이 산 밑에는 인가가 한 채도 없는데 누가 먹으라고 우물을 판다는 말씀이시옵니까?"

아도스님이 대답했다.

"사람이 마시지는 우물이 아니라 이 천수답에 물을 대주기 위해서 우물을 파자는 말씀입지요."

모례가 말도 안된다는 듯 말했다.

"아이구, 그건 아니될 말씀이십니다요."

아도스님이 의아해서 물었다.
"아니될 말이라니요?"
"글쎄, 그건 스님이 농사를 잘 모르셔서 하시는 말씀이십니다마는 우물을 파서 솟아나는 물이란 여름에는 차고 겨울에는 따뜻한지라 그 물을 논에다 대면 물이 너무 냉해서 농사가 제대로 아니된다 그런 말입지요."
그러자 아도스님이 말했다.
"그렇지만, 저기 저곳에다 우물을 파고, 저기서 물을 퍼서 여기까지 흘려보내면 도랑을 타고 여기까지 내려오는 동안 냉기는 없어질 것이니 농사에는 큰 지장이 없을 것이오."
집주인 모례는 아도스님의 일리있는 말씀에 탄복하며 아도스님과 함께 우물을 파기 시작했다.
그런데 과연 아도스님이 예견했던대로 몇 자 파지도 아니했는데 물이 솟아 올라오는 것이었다.
모례가 솟아나오는 물을 두 손으로 받으며 말했다.
"아이구, 이거 정말 이렇게 많은 물이 솟아 올라옵니다요, 스님."
아도스님이 빙그레 웃으며 말했다.
"이제 여기서 두레박으로 물을 퍼서 이 도랑에다 흘려보내기만 하면 논농사 걱정은 아니하셔도 될 것이옵니다."

모례가 환한 얼굴로 말했다.

"그, 그러니까 여기서 물을 퍼서 흘려보내기만 하면 저 논까지 흘러내려가는 동안에 냉기는 없어질 것이다 그런 말씀이시지요?"

아도스님이 고개를 끄덕였다.

"지열에다, 오뉴월 뙤약볕에다, 어찌 냉기가 없어지지 아니하겠습니까? 설령 이 물에 냉기가 다소 남아있다 하더라도, 첫 번째 논에서만 차가울 것이요, 두 번째, 세 번째, 아래로 내려갈수록 냉기가 없어질 것이니 너무 염려하지 아니하셔도 좋을 것이오."

모례가 감탄하며 말했다.

"허허, 이거 우리 스님은 참으로 신통방통한 재주를 가지셨습니다, 그려."

아도스님이 말한대로 우물을 파고, 그 우물에서 물을 퍼 아래로 흘려보내니 거북이 등처럼 쩍쩍 갈라졌던 모례네 논바닥은 사흘만에 물이 가득 고이게 되었다.

우물에서 계속해서 물을 퍼내는 사시를 보고 모례가 소리쳤다.

"이제 그만 해! 이제 그만 물을 퍼내고 허리 좀 펴란 말씀이야! 네 번째 우리 논까지 물이 넘실거려."

사시가 얼굴에 흐르는 땀을 닦으며 허리를 폈다.

"아이구, 아이구 정말 쩍쩍 갈라졌던 논바닥에 이렇게 물이 가득 넘실대다니, 이거 정말 꿈만 같습니다, 오라버니!"

모례가 웃으며 말했다.

"그래! 나도 처음에는 긴가민가 했었는데, 이게 다 우리 스님 덕분이지 뭐겠느냐? 참말로 고맙습니다, 스님."

모례가 아도스님에게 고개를 숙이자 아도스님이 겸연쩍게 웃었다.

"무슨 말씀을요. 우물 파시고, 물을 퍼내시느라고 오누이 두 분께서 고생이 많으셨습니다."

모례가 말했다.

"아, 아닙니다요. 우물을 팔 적에도 그랬고, 물 퍼내는 일도 그랬고, 스님께서 저의 두 몫을 하셨습니다요."

잠시후, 모례가 궁금하다는 듯 아도스님을 불렀다.

"저, 그런데 스님?"

"왜 그러십니까요?"

"스님께서는 부처님 공부만 하신 줄 알았는데 농사 일은 대체 어디서 배우셨습니까요?"

"절에서 배웠습니다."

모례가 고개를 갸우뚱했다.

"아니, 그럼 절에서 스님들도 농사를 지으신단 말씀이신가요?"

아도스님이 고개를 끄덕였다.

"옛날에는 탁발만 하셨다고 들었습니다마는 근래에는 절에서도 농사를 짓습지요."

모례가 알겠다는 듯 고개를 끄덕거렸다.

"그, 그래서 그렇게 농사일에도 원하셨습니다, 그려. 좌우지간 금년 농사는 스님 덕분에 걱정없게 되었습니다요."

물이 가득 담긴 논을 바라보며 모례와 그의 누이동생이 흡족해 하고 있는 모습을 보니 아도스님도 더없이 기뻤다.

바로 그때였다.

웬 노인이 모례네 일행이 있는 곳으로 올라오며 소리치는 것이었다.

"여보게, 모례! 여보게, 모례!"

사시가 모례를 쳐다보며 말했다.

"아니, 저 노인이 무슨 일이시래요, 그래?"

"논둑에 나오셨다가 물이 가득 담긴 우리 논을 보신 모양이시로구먼."

가까이 다가온 노인이 말했다.

"아, 여보게 모례! 대체 이게 무슨 조화란 말이던가, 응?"

모례가 노인을 쳐다보며 물었다.
"무슨…… 말씀이신지요?"
노인이 급히 말했다.
"아니 세상에 다른 논은 모조리 거북이 등처럼 쩍쩍 갈라졌는데, 모례 자네네 논에만 물이 찰랑찰랑 넘실대고 있으니 이게 대체 무슨 조화냔 말이야, 응?"
"아 그거야 어르신, 우리 논에 물이 담긴 데는 다 그만한 까닭이 있습지요."
노인이 궁금해서 못견디겠다는 표정으로 다시 물었다.
"아니 대체 무슨 까닭이며, 무슨 조화인지 어서 말을 해보게. 대체 어찌된 일이야 그래?"
모례가 웃으며 아도스님을 가리켰다.
"그거야 다 우리 스님 덕분입지요."
모례가 스님이라고 말하자 사시가 얼른 모례에게 눈짓을 했다.
"아이구 참 오라버니두……"
노인이 아도스님을 쳐다보며 다시 물었다.
"스님 덕분이라니?"
그제서야 모례가 얼른 다시 말했다.
"아, 예. 저 우리 머슴 덕분이란 말입니다요."

노인이 아도스님을 쳐다보며 물었다.

"그래, 새로 왔다는 이 머슴의 이름이 스님이란 말이던가?"

그러자 아도스님이 고개를 설레설레 저으며 말했다.

"아, 아니옵니다. 소인은 아서방이라고 하옵니다."

이번에는 노인이 아도스님에게로 바짝 다가오며 물었다.

"그래, 아서방이건 가서방이건 그건 알 것 없고, 그래 대체 자네가 무슨 조화를 어떻게 부렸다는 말인가?"

아도스님이 웃으며 말했다.

"조화를 부린 게 아니구요, 바로 저 위에다 우물을 파고 그 우물에서 물을 퍼서 논에다 물을 댔습니다요."

노인이 알겠다는 듯 고개를 끄덕였다.

"오, 그랬었구먼. 아, 그럼 기왕지사 우물을 팠거들랑 우리 집에도 좀 알려주어서 우리 논에도 물을 좀 대주게 할 것이지, 세상에 이런 경우가 어디 있더란 말인가, 그래? 안 그런가?"

그러자 모례가 대꾸했다.

"아니 무슨 말씀을 그렇게 함부로 하십니까요? 우리 식구 셋이서 우물을 파는 데 사흘, 물을 퍼올리는 데 사흘, 죽을 고생을 했습니다요."

사시도 거들었다.

"아이구 말씀도 마십시오. 허리가 휘어지다 못해 부러질 지경이옵니다요."
 노인이 지지않고 말했다.
 "세상에 그래도 그렇지! 아랫논은 쩍쩍 갈라져서 곡식이 타죽고 있는데, 윗논에만 물이 넘실넘실 하다니, 세상에 이런 몹쓸 경우가 어디 있단 말인가, 응?"
 노인이 펄쩍 뛰자 모례가 말했다.
 "아, 그럼 어르신네께서도 우물을 파시고 물을 길어다 논에 부시면 될 일이 아니겠습니까요?"
 노인이 기가 막히다는 듯 말했다.
 "무, 무엇이라고? 우물을 파서 물을 길어다 논에 부어라?"
 모례가 말했다.
 "달리 방도가 없지 않겠습니까요?"
 그러자 노인이 삽을 휘두르며 화를 내는 것이었다.
 "에이끼 이런! 내 당장에 이 삽으로 물꼬를 터놓고 말겠다."
 모례가 막아섰다.
 "안됩니다요. 내 눈에 흙이 들어가기 전에는 절대로 안됩니다요."
 자기네 논바닥은 쩍쩍 갈라져서 곡식이 타죽어가는데, 바로 그 위에 있는 논에는 물이 가득 고여 넘실대고 있었으니, 앞뒤 가릴 것 없이 논둑을 갈라 물꼬를 트고 싶은 심정이야 누구나

마찬가지일 것이다.

그러나 이러다가는 그야말로 큰 싸움이 벌어질 지경이었다.

그래서 아도스님이 두 사람을 뜯어 말렸다.

"주인 어른과 노인장께서는 제발 소인의 말씀을 들어주십시오."

노인이 성난 목소리로 말했다.

"듣기 싫어! 세상에 원, 지 혼자만 농사지어 먹으면 다른 사람은 죽으란 말인가?"

그러자 모례가 큰 목소리로 말했다.

"아니 그럼 남은 죽을 둥 살 둥 우물을 파서 물을 대놨는데, 남의 논두렁을 갈라서 물꼬를 트겠다는 건 대체 무슨 경우란 말입니까?"

사시가 오라버니를 달랬다.

"아이구 오라버니, 제발 고정하십시오. 아, 우리 스님, 아니 저 우리 아서방이 드릴 말씀이 있다지 않습니까요?"

노인과 모례를 쳐다보며 아도스님이 말했다.

"제 말씀을 좀 들으십시오. 좋은 방도가 있으니 제 말씀을 들으시라구요."

노인이 귀가 솔깃한 듯 아도스님을 쳐다보았다.

"조, 좋은 방도라니, 어서 말해보게."

"두 분께서는 이렇게 하시는 게 좋을 것이옵니다."
 모례가 물었다.
 "어, 어떻게 하라는 말씀이신고?"
 아도스님이 모례를 쳐다보며 말했다.
 "머슴된 주제에 이런 말씀을 올리게 되어 송구스럽사옵니다만……."
 노인이 재촉했다.
 "아, 어서 말해보게. 좋은 방도가 무슨 방도야, 대체?"
 "우물은 기왕에 파놓은 우물이니, 하룻밤 사이에 없어질 리가 없을 것이옵니다."
 "그, 그래서?"
 "주인 어른께서는 논두렁에 물꼬를 반만 트게 해서 아랫논 곡식을 우선 살리게 하시구요."
 아도스님의 말에 노인이 손뼉을 치면서 말했다.
 "옳거니! 이 머슴이 아주 도리에 딱딱 맞는 말을 하는구먼. 암, 죽어가는 곡식은 살려놓고 봐야지!"
 모례가 아도스님을 쳐다보며 말했다.
 "아니, 그러면 우리 논에 물꼬를 트란 말인가?"
 아도스님이 부드럽게 말했다.
 "물꼬를 반만 트면 주인 어른의 논에도 물이 반은 남아있을

것이니 곡식에는 해가 없을 것이옵니다."

노인이 다시 맞장구를 쳤다.

"옳거니, 옳거니, 이 머슴이 아주 사괘, 팔괘에 딱딱 들어맞는 말만 하시는구먼!"

가만히 듣고 있던 사시가 말했다.

"아니, 저 그, 그러면……."

아도스님이 사시를 쳐다보며 말했다.

"제 말씀을 더 듣도록 하십시오. 오늘은 우선 주인 어른 논두렁에 물꼬를 반만 터서 아랫논의 곡식을 해갈시키도록 하시고, 그대신 노인장께서는……."

노인이 웃으며 아도스님을 쳐다보았다.

"그래, 그래. 어서 말씀하시게!"

"내일 아침부터는 온 식구가 우물에 나오셔서 물을 퍼서 흘려보내도록 하시구요. 그 다음에는 또 노인장 논 아래쪽 논 주인들이 우물로 나오셔서 또 물을 푸시구요. 그렇게 계속해서 물을 퍼 아래로 아래로 흘려 보내시면 저 아래의 논들까지도 다 해갈을 시킬 수 있을 것이옵니다."

사시가 걱정스럽게 말했다.

"아니, 그러면 대체 우리 논은 어찌 된다는 말인지 원……."

아도스님이 빙그레 웃으며 말했다.

"염려하실 것 없으십니다. 우리 주인 어른 논에는 늘 반이상 물이 고여 있을 것이니 농사에는 해가 없고 다만……."
듣고있던 모례가 아도스님에게 물었다.
"다만 무엇이라는 말씀이던고?"
아도스님이 모례를 쳐다보았다.
"주인 어른께서는 기왕에 파놓은 우물을 마을 농사를 위해 빌려주시고, 물길을 내주시면 온 마을에 좋은 일을 하시게 될 것이옵니다."
노인이 고개를 끄덕이며 환하게 웃었다.
"옳거니, 옳거니! 이 머슴이 아주 사방 팔방에 딱딱 들어맞는 말씀만 하시는구먼! 여, 여보시게! 자네가 가서방이라고 그랬던가?"
사시가 노인을 쳐다보며 말했다.
"가서방이 아니라 아서방입니다요."
노인이 아도스님을 보며 웃었다.
"그래, 그래. 이 아서방이 아주 똑소리나는 판서로구먼 그래. 음, 모례 자네네 집에 참으로 복동이가 굴러 들어왔네 그려, 응?"
그러자 모례가 퉁명스럽게 말했다.
"난 도무지 이거 뭐가 뭔지 잘 모르겠소이다."

노인이 모례를 쳐다보며 말했다.

"모르긴 이 사람아! 누이 좋고, 매부 좋고, 자네 농사 잘 짓고, 내 농사 잘 짓고, 우리 마을 농사까지 다 잘 짓게 되었으니 그만하면 잘 되었지 모르긴 뭘 몰라, 이 사람아!"

아도스님이 내놓은 방편 그대로 집주인 모례가 논두렁 반을 잘라 물꼬를 터주어 아랫논에 물을 대주니, 아랫논 주인 노인은 참으로 기뻐서 어찌할 줄을 몰라했다.

그러나 집으로 돌아온 뒤에도 모례와 그의 누이는 어딘가 기분이 찜찜했다.

그래서 그날밤 아도스님 앞으로 다가 앉았다.

모례가 물었다.

"오늘 일이 이거 잘된 일인지, 잘못된 일인지 아직도 잘 모르겠으니 말씀입니다요, 스님······."

아도스님이 빙그레 웃으며 고개를 끄덕였다.

"그러시겠습지요. 허나 오늘 일은 참으로 잘 하신 일이십니다."

사시도 한 마디 했다.

"따지고 보자면 우리가 고생을 해가지고 남들 좋은 일만 시켜준 셈이 아닌지 모르겠군요."

아도스님이 인자하게 말했다.

"그러니까 잘 하신 일이지요. 옛날 부처님께서 이르시기를 자리이타행을 하라고 하셨으니 이는 곧 나에게도 이롭고 남에게도 이롭게 하라는 말씀입니다. 나에게만 이롭고 남에게는 해로운 일을 하면 여기에는 반드시 시비가 일어나고 다툼이 일어나 악한 결과를 초래하지만, 나에게도 이롭고 남에게도 이로운 일을 하면 반드시 좋은 과보가 돌아온다 하셨습니다. 그러니 오늘 일은 참으로 잘 하신 일이지요."

# 11
## 도적과 같은 사람

　아도스님은 지금의 경상북도 선산, 옛날의 신라 일선군 모례의 집에서 머슴 아닌 머슴 노릇을 해가면서 집주인 모례와 모례의 누이동생 사시를 교화하고, 마을 사람들을 한 사람 한 사람씩 차츰차츰 교화시켜 부처님의 가르침을 믿고 의지하고 따르게 하였다.
　그리하여 나중에는 단 한 번이라도 아도스님의 설법을 들은 사람은 자기도 모르게 아도스님을 좋아하게 되었다.
　특히나 아도스님을 지극히 존경하고 심취했던 사람은 다름아닌 모례의 누이동생 사시였다.
　어느날 저녁 무렵이었다.
　멀리서 개 짖는 소리가 요란했다.
　아도스님의 방문 밖에서 사시가 아도스님을 불렀다.

"스님, 스님, 주무시옵니까? 스님, 스니임."

아도스님이 방문을 열었다.

"무슨 일이시옵니까요, 부인?"

그러자 사시가 얼굴을 붉히며 말했다.

"아이 참 스님도, 자꾸 그렇게 부인, 부인하고 부르시지 마십시오."

그러나 아도스님이 못들은 체하고 다시 물었다.

"대체 어쩐 일이시옵니까, 부인?"

사시가 겸연쩍게 대답했다.

"아, 예, 저, 장터에 나가신 오라버니께서 여태 돌아오지를 아니하셨사옵니다요."

아도스님이 말했다.

"그러면 부인께서는 문단속 잘 하시고 주무시도록 하십시오."

사시가 아도스님을 쳐다보며 작은 목소리로 말했다.

"소녀, 혼자 있자니 무섭기도 하려니와 잠도 오질 아니해서 스님의 법문을 들었으면 하옵니다만……"

사시의 말을 아도스님이 잘랐다.

"이것 보십시오, 부인."

"…… 예, 스님."

"부인께선 몸가짐을 행여라도 흐트러뜨려선 아니되실 것이니, 자칫하면 헛소문을 들으시게 될 것이오."

사시가 무슨 영문인지를 모르겠다는 표정으로 물었다.

"무슨…… 말씀이시온지요?"

아도스님이 나직하게 말했다.

"부인께서 머슴놈과 정분이 났다는 소문이라도 퍼지게 되면 대체 그 일을 어찌 하시려고 이러시는 것이온지요?"

그래도 물러서지 않고 사시는 아도스님을 쳐다보며 말했다.

"…… 행여라도 그건 소문이 퍼지면 스님께서는 과연 어찌 하시려는지요?"

"그야 소승은 이 마을을 떠나야 할 것이옵니다."

그러자 사시가 아도스님에게 말했다.

"하오면 이 소녀도 스님 뒤를 따라가 모시면 될 일이 아닐런지요."

아도스님이 조용히 타이르듯 말했다.

"우리 불가의 법도에 그런 법은 없거니와 소승 이미 세속의 인연은 떠난 지가 오래입니다."

사시가 원망스런 눈빛으로 아도스님을 쳐다보며 말했다.

"하오면 스님께서는 목석과도 같으시단 말씀이시온지요?"

잠시 사시를 쳐다보던 아도스님이 말했다.

"이것 보시오, 부인."

"예, 스님."

"잠시만 거기 그대로 계십시오. 소승이 문을 열고 곧 나갈 것이오."

아도스님은 말을 마치자마자 바랑을 챙겨 등에 짊어지고 방문을 열었다.

사시가 놀라서 따라 일어서며 소리쳤다.

"아니, 스님!"

그러나 아도스님은 조용히 말하는 것이었다.

"그동안 신세 많이 졌습니다. 오라버님께는 인사드리지 못하고 떠남을 죄송스럽게 여긴다고 전해 주십시오."

사시가 아도스님의 옷을 잡았다.

"아니되시옵니다 스님, 제가 큰 죄를 지었으니 용서하여 주십시오, 스님!"

아도스님은 조금도 동요하지 않고 말했다.

"그동안 두 분께서 베풀어주신 은혜, 결코 잊지 아니할 것입니다. 자, 그럼 부디 평안히 계십시오."

아도스님이 신을 신는데 불쑥 모례가 술에 취해서 나타났다.

그리고는 얼른 아도스님의 옷을 잡는 것이었다.

"아니되십니다, 스님."

모례가 고개를 숙이며 말했다.

"소인이 죽일 놈이옵니다, 스님! 행여라도 스님이 떠나시면 어쩌나 싶어 차라리 스님과 한 식구가 되어 살았으면 싶어서, 그래서 소인이 누이에게 시켰습니다, 스님!"

사시가 울먹이며 말했다.

"용서하십시오, 스님. 용서하십시오! 스님께서 이대로 떠나시오면 소녀는 차라리 목을 매어 죽고 말 것이옵니다."

모례가 땅바닥에 엎드리며 말했다.

"제가 죽을 죄를 지었사옵니다. 스님, 차라리 저를 죽여주십시오. 이렇게 이렇게 무릎 꿇고 비오니 차라리 이 몹쓸놈을 죽여주십시오. 예? 스님."

아도스님이 모례의 손을 잡아 일으켰다.

"…… 그만 일어나시오. 아무 일도 없었던 것으로…… 우리 그렇게 하십시다."

모례와 사시가 고개를 숙이며 말했다.

"…… 고맙습니다, 스님. 정말 고맙습니다."

그날밤 아도스님은 집주인 모례와 그 누이동생 사시에게 자비로운 법문을 들려주었다.

"소승 두 분께 드릴 말씀이 있사옵니다."

두 사람은 스님 앞에 다소곳이 앉았다.

"예, 스님."

"전에도 소승 여러 차례 말씀드린 바 있거니와 영원한 나의 것은 아무것도 없다는 것을 아셔야 합니다."

모례와 사시는 아무 말없이 그저 아도스님의 법문을 듣고 있었다.

잠시 두 사람을 바라보던 아도스님이 법문을 계속했다.

"나의 아버지, 나의 어머니도 돌아가시면 허망합니다. 나의 아내, 나의 남편, 나의 자식도 죽고나면 허망합니다.

부모와 자식, 남편과 아내도 이러하거늘, 집이며 논밭이며 세간살이, 세상에 어느것 한 가지라도 영원한 나의 것이 있을 수 있겠습니까?

그래서 부처님께서는 어느것 한 가지도 욕심내지 말고, 집착하지 말라고 이르셨지요.

참다운 나의 것은 아무것도 없다. 내가 가장 아끼고 소중히 여기는 내 목숨, 내 육신 마저도 영원한 나의 것이 아니거늘 다시 더 무엇을 탐내고 내것이라 우기며 집착하여 괴로워할 것인가!

이제 우리 참으로 좋은 인연으로 만난 사람들이니 우리 똑같은 부처님의 제자로 한 식구 되어 부처님의 가르침을 믿고, 배우고, 의지하면서 이 세상 고해 중생들을 이익되게 하는 일에

힘을 모읍시다. 소승의 부탁은 이것 뿐입니다."

모례와 사시는 스님의 말씀에 감복해 오래도록 그 자리에서 일어설 생각을 하지 못했다.

아도스님이 산 밑에 우물을 파서 천수답에 물을 대준 덕으로 그 골짜기에 있던 논에서는 다행히 수확을 거둘 수가 있었다.

그러나 다른 농토에서는 극심한 가뭄으로 제대로 수확을 얻지 못하였으니, 인근 삼백 리에 사는 백성들의 참상은 이루 말할 수 없는 지경이었다.

그해 겨울이 되자 가을걷이를 한 지, 채 두세 달도 되지 아니해서 벌써부터 절량농가가 속출하였고 굶는 집이 늘어가고 있었다.

이 비참한 소식을 전해들은 아도스님은 백방으로 궁리한 끝에 집주인 모례와 마주 앉았다.

"주인 어른께 소승 한 말씀 올리고자 하옵니다."

"아이구 스님, 어서 말씀하십시오."

아도스님은 모례에게 물었다.

"양식은 대체 무엇을 양식이라고 하옵는지요?"

모례는 별 우스운 질문을 다 한다는 표정으로 아도스님을 쳐다보았다.

"양식이 무엇이냐니요? 아, 사람이 먹는 곡식을 양식이라 하는 거야 스님께서 모르실 까닭이 없질 않습니까?"
 아도스님이 고개를 끄덕이며 다시 물었다.
 "하오면 한 가지 더 여쭙겠사옵니다."
 "예, 말씀하십시오."
 "주인 어른의 곡간에는 대체 양식이 얼마나 쌓여있는지 대충은 알고 계시옵니까?"
 모례가 고개를 갸우뚱거렸다.
 "우리 곡간에 들어있는 양식이라면…… 거 일일이 헤아려보지 아니해서 딱 얼마다 하고 말씀드릴 수는 없겠습니다마는 대충 쉰 가마는 족히 될 것이옵니다마는……"
 아도스님이 다시 고개를 끄덕였다.
 "하오면 주인 어른 두 식구, 아니 객식구인 소승까지 합하면 세 식구가 일 년동안 먹을 양식은 대충 얼마나 소용이 되시는지요?"
 아도스님이 자꾸 묻자 모례는 이상하다는 표정을 지으며 대답했다.
 "글쎄올습니다요, 넉넉잡고 열 가마면 충분하지 않겠습니까요? 헌데, 스님께서 그것은 어찌 물으시는지요?"
 아도스님은 모례의 물음에는 대답을 하지않고 다시 묻는 것이었다.

"일 년에 열 가마라…… 그러면 주인 어른 곡간에 들어 있는 쉰여 가마 가운데서 마흔 가마는 여유가 있는 양식이 되겠습니다, 그려?"

모례가 아도스님을 쳐다보며 대답했다.

"그 뭐 그런 셈이 되겠습니다마는…… 무슨…… 말씀을 하시려고 이러시는지요, 스님?"

아도스님이 정색을 하고 말했다.

"아, 예. 소승이 그 여유있는 양식 마흔 가마를 빌려 썼으면 해서 그렇사옵니다만……"

모례가 눈을 동그랗게 떴다.

"아니, 스님께서 양식을 빌려다가 어디에 쓰시게요?"

"그건 차차 나중에 말씀드리기로 하고, 명년 요맘때까지는 갚을 작정이오니 어떠시겠습니까? 빌려주시려는지요?"

모례가 난처한 표정을 지었다.

"그, 글쎄올습니다요. 그동안 3,4년 지은 농사를 모아놓은 것이온데, 누이동생과 함께 지은 농사인지라 누이에게도 의논을 해보아야 옳지 않을런지요?"

아도스님이 고개를 끄덕이며 말했다.

"그것 참 그러시겠습니다. 그러면 누이동생분과 의논을 한번 해보아 주십시오."

아도스님이 느닷없이 여유있는 양식 마흔 가마를 일 년 동안만 빌려달라는 것이었으니 집주인 모례는 그 영문을 알 수가 없었다.

더구나 아도스님으로 말할 것 같으면 봉양할 부모가 있는 것도 아니요, 처자식이 있는 것도 아니요, 인근에 일가친척이 있는 것도 아니었으니 참으로 이상한 일이었다.

모례로부터 이 이야기를 들은 사시가 말했다.

"이것 보세요, 오라버님."

"그래, 네 생각은 어떠하냐?"

"스님께서 그리 간청을 하시는 데는 다 그만한 까닭이 있으실 것입니다."

"글쎄 그거야 까닭없는 일이 어디 있겠느냐마는 일가친척이 있는 분도 아닌 터에 양식 마흔 가마를 빌려달라 하시니 이거야 원, 무슨 영문인지 알 수가 있어야지."

모례가 답답해 하자 사시가 말했다.

"제 생각 같아서는 스님이 부탁하신대로 내주시는 게 좋을듯 하옵니다. 그것도 아주 달라시는 게 아니라 일 년만 빌리신다는데 거절할 수야 없는 일이 아니겠사옵니까?"

그러나 모례는 선뜻 내키는 눈치가 아니었다.

"그, 글쎄다. 너의 뜻이 정 그러하다면 내주는 도리밖에는 없

겠다마는…… 거 혹시 말이다……."

사시가 모례의 얼굴을 쳐다보며 물었다.

"혹시 어디 짐작되는 일이라도 있으시옵니까요, 오라버님?"

모례가 겸연쩍게 말했다.

"아, 아니 짐작되는 일이라기 보다는 혹시 그 양식을 팔아가지고 고구려로 돌아가려는 것은 아닌지 원……."

사시가 모례를 흘겨보며 말했다.

"아이구 참 오라버님도, 세상에 어찌 감히 그런 생각을 다 하실 수 있단 말씀이십니까요, 그래?"

모례가 웃으며 말했다.

"허허, 내가 언제 꼭 그런다고 그랬느냐? 혹시 그런 것은 아닌지 모르겠다고 걱정을 했지."

사시가 모례를 쳐다보며 말했다.

"아무튼 오라버님. 스님이 돌아오시거든 곡간 문을 열어드리고 양식을 내주도록 하십시오."

"그, 그래. 알았다."

집주인 모례가 이튿날 아침 곡간문을 활짝 열고 양식을 내어드리니, 아도스님은 몇 번이고 합장을 하며 고맙다는 인사를 한 뒤 마을에서 소달구지를 빌려다가 양식을 차곡차곡 싣고는 어디로 간다는 말도 한 마디 없이 무작정 모례네 집을 떠나는 것이었다.
 아도스님의 뒷모습을 쳐다보며 모례가 걱정스러운듯 말했다.
 "허허, 이거 원 세상에 어디다 쓰실 건지 말씀 한 마디 없으시니 원……."
 사시가 말했다.
 "그만 어서 들어가세요. 스님께서 어련히 알아서 쓰실려구요."
 아도스님은 소달구지로 양식을 실어나르기 시작했다.
 네 번만에야 마흔 가마의 양식을 다 가져갔는데 대체 어디다 어떻게 쓰실 것인지는 일체 말씀을 하시지 아니했으니 답답한 것은 집주인 모례였다.
 더군다나 마지막 양식을 싣고간 뒤, 하루가 지나고 이틀이 지나고 사흘이 지나도록 아도스님은 돌아오시지를 아니했으니, 모례는 이상하고 답답해서 견딜 수가 없었다.
 겨울 바람이 유난히도 불어대는 어느날이었다.
 바깥에서 아랫집 노인이 모례를 불렀다.
 "여보게 모례, 집에 있는가? 여보게, 모례!"
 모례가 문을 열고 나왔다.
 "밖에 누구 오셨습니까요?"
 "마침 있었구먼! 여보게 모례, 큰일 났네!"

"큰일이라니요, 어르신?"

"아, 이 사람아, 자네 집 머슴말여, 그 아서방……."

모례가 눈을 크게 떴다.

"예, 아서방이 어찌 되었는데요?"

"아, 글쎄 양지 마을에서 기별이 왔는데……."

"예, 어르신, 어서 말씀하세요."

"아 글쎄 그 아서방이 양식 떨어진 집에 양식을 나누어 주고 다니면서 명년 농사지은 뒤에 모례 자네 집으로 갚으면 된다고 그러고 다니다가 말여, 양지 마을 동구 앞에서 순라꾼에게 잡혀갔다는구먼 글쎄……."

아도스님이 잡혀갔다는 노인의 말에 모례는 깜짝 놀랐다.

"예에? 아니 순라꾼에게 잡혀갔다구요?"

모례의 놀라는 목소리를 듣고 방에 있던 사시가 뛰어나왔다.

"아니 오라버님, 우리 스, 스님, 아니 우리 아서방이 잡혀갔다구요?"

노인이 사시와 모례를 번갈아 쳐다보며 말했다.

"아 글쎄 수상한 사람이라고 잡아갔다는 거야. 아 어서 관아로 가보자구."

모례가 서둘렀다.

"아, 예. 같이 가십시다요."

그무렵 아도스님은 도둑으로 몰려 관아에 끌려가 문초를 받고 있었다.
"너 이놈! 곤장을 치기 전에 이실직고 하렷다!"
아도스님이 대답했다.
"예, 소인 사실대로 말씀드렸사옵니다."
순라꾼이 방망이를 치면서 말했다.
"허허, 그래도 이놈이 누굴 속이려고 이러는고? 어서 바른대로 말해라! 너는 분명 도둑질을 해가지고 도망치다가 마을 사람들 눈에 뜨이자 눈을 속이려고 양식을 아무집에나 나누어준 것이 틀림없으렷다?"
아도스님이 고개를 저으며 말했다.
"아니옵니다, 소인은 모례 장자댁의 머슴이온 바 흉년이 들어 굶는 집이 많다는 소리를 들으신 모례 장자께서 굶는 집에 양식을 나누어 주고 명년 농사를 지은 뒤에 갚게 하라 하셔서 그리 한 것 뿐이옵니다."
순라꾼이 말했다.
"너는 분명 모례 장자집 머슴이라고 그랬으렷다?"
"그러하옵니다."
"만일 한 마디라도 거짓이 있으면 살아 나가지는 못할 것이니라!"

"예."

"허면 대체 너는 모례 장자집에서 몇 년이나 머슴살이를 해 왔더란 말인고?"

"예, 이제 일 년이 막 지났사옵니다."

"틀림 없느냐?"

"예."

"허면 모례 장자집에 오기 전에는 어디에 있었던고?"

모례네 집에 오기 전에는 어디에 있었느냐는 순라꾼의 물음에 아도스님은 그저 할 말을 잊었다.

"……"

순라꾼이 방망이를 치며 재촉했다.

"어서 이르지 못하겠느냐? 모례 장자집에 머슴으로 오기 전에는 대체 어디서 무엇을 했느냐?"

"예, 소인이 모례 장자댁에 오기 전에는……"

참으로 아도스님으로서는 위기일발의 순간이었다.

고구려 사람이요, 승려의 신분으로 중국에 가 있었다고 하면 또 어떤 날벼락이 떨어질지 모를 일이기 때문이었다.

그런데 바로 그때였다.

모례 장자가 관아로 달려들어오면서 소리를 치는 것이었다.

"이것 보시오, 내가 바로 이 사람의 주인 모례라고 하오."

순라꾼이 모례를 쳐다보며 물었다.
"그러면 바로 당신이 이 머슴을 시켜서 양식을 나누어 주게 했다는 말이시오?"
모례가 대답했다.
"그렇소이다."
순라꾼이 물었다.
"허면 대체 양식을 몇 가마나 내주었소이까?"
"내가 내준 양식은 마흔 가마였소이다."
순라꾼이 다시 물었다.
"그러면, 그 양식을 굶는 집에 나누어 주고 명년 농사를 지은 뒤에 갚으라고 한 게 사실이란 말이오?"
모례가 대답했다.
"그, 그렇소이다."
순라꾼이 겸연쩍게 말했다.
"그, 그렇다면 이 자가 도적은 아니었구먼 그래."
모례가 큰 소리로 말했다.
"도적이라니요? 이 사람은 비록 우리집 머슴이긴 하오만, 정직하고 행실 바르고 부지런하기로 온 마을에 소문이 자자한 사람이오. 그렇지 않습니까요, 어르신?"
모례가 노인에게 묻자 노인이 대답했다.

"암! 정직하고 행실 바르고 부지런하기로는 인근 삼백 리 안에서는 단연코 첫손가락이지!"

그러자 순라꾼이 맥없이 말했다.

"그, 그렇다면야 어서 그만 데리고 가도록 하시오!"

모례가 순라꾼에게 꾸벅 인사를 했다.

"고맙소이다. 여, 여보게! 어서 그만 집으로 돌아가세나."

아도스님이 모례를 쳐다보고는, 다시 순라꾼에게 허리를 굽혔다.

"아, 예. 그럼 소인 그만 물러가옵니다요."

아도스님은 참으로 아슬아슬하게 신분이 탄로되지 아니한 채 관아에서 풀려나오게 되었다.

아도스님을 모시고 집으로 돌아온 모례는 방안에 들어오자마자 스님 앞에 무릎을 꿇는 것이었다.

"스님, 용서하십시오! 이 어리석은 중생이 욕심에 눈이 어두워 굶주린 백성들을 미처 생각지 못했사옵니다, 스님."

집주인 모례가 아도스님 앞에 무릎을 꿇고 사죄를 올리는 것이었으니 아도스님은 참으로 미안하기 그지없었다

"이것 보십시오, 주인 어른! 무릎을 꿇어야 할 사람은 오히려 소승이오니 어서 그만 편히 앉도록 하십시오."

그러나 모례는 그대로 무릎을 꿇은 채 말했다.

"아, 아니올습니다요 스님. 소인이 아직 어리석은 중생이라 미처 스님의 크신 뜻을 헤아리지 못했으니 부끄럽기 짝이 없사옵니다."

아도스님이 고개를 저었다.

"아닙니다. 주인 어른이 시키지도 아니한 일을 저질러가지고, 주인 어른을 번거롭게 해드렸으니, 그 점은 참으로 죄송스럽게 되었습니다. 용서하십시오."

사시도 한 마디했다.

"아이구 아니옵니다요, 스님. 소녀는 스님께서 곡식을 빌려달라 하신다기에 어디 요긴하게 쓰실 데가 있으신 모양이라고 짐작은 했사옵니다만, 그래도 그렇게 양식 떨어진 집에다 나누어 주고 다니실 줄이야 어찌 짐작이나 할 수 있었겠습니까요. 정말이지 거기까지 생각을 못한 게 부끄러울 뿐이옵니다."

두 사람이 이렇게 나오자 아도스님은 어쩔 줄을 몰라했다.

"허허, 이거 두 오누이분께서 이리 나오시면 소승이 오히려 몸둘 바를 모르겠습니다. 자, 자, 소승의 허물은 그만 용서하시고 편히들 앉도록 하십시다."

모례가 아도스님을 쳐다보며 말했다.

"저, 스님!"

"예, 말씀하십시오."

"기왕지사 스님께서 오늘 저희에게 좋은 본보기를 보여주셨 사오니 좋은 가르침을 내려주십시오."

아도스님이 가볍게 웃었다.

"원 무슨 말씀을…… 좋은 가르침이라는 게 어디 따로 있겠 습니까? 여기 계신 두 오누이분처럼, 이렇게 마음씨 착하게 사 시면 더 이상 다른 가르침이 소용이 없습지요."

사시가 졸라댔다.

"아이구 저 그러시지 마시옵구요, 스님 아무것도 모르고 사 는 저희들에게 옳게 사는 법을 좀 가르쳐 주십시오."

모례가 물었다.

"재물이라고 하는 것 말씀입니다요, 스님, 그걸 대체 어떻게 모아야 제대로 모은다고 할 수 있는 것인지, 우선 그것부터 좀 말씀해 주십시오."

아도스님은 잠시 생각을 하다가 입을 열었다.

"…… 그야 사람이 세상을 살아가자면 먹기도 해야 하고, 입 기도 해야 하고, 비바람도 피해야 하고 더위와 추위도 피해야 하니 재물이야 있어야 하고, 또 모아야겠습지요."

사시가 물었다.

"하오면 저희처럼 농사를 지어서 먹고 남는 걸 모으면 된다, 그런 말씀이시온지요?"

아도스님이 고개를 저었다.

"농사만 지으라는 말씀은 아닙니다. 옛날 부처님께서 말씀하시기를……"

모례가 아도스님을 쳐다보며 바싹 다가앉았다.

"예, 부처님께서는 뭐라고 말씀을 하셨는지요?"

"농사를 짓는 사람은 부지런히 때를 맞춰 논밭을 갈고 씨를 뿌리고 풀을 뽑고 물을 잘 갈무리하여 곡식을 얻으라 하셨구요."

모례와 사시가 고개를 끄덕이며 열심히 들었다.

"예."

"장사하는 사람은 좋은 물건을 제때에 가져다가 다른 사람들에게 팔아서 이익을 얻되, 지나친 이익을 남기려고 값을 속여서 팔거나, 나쁜 물건을 좋은 물건이라고 속여서 팔거나 하면 이는 곧 남의 재물을 훔치는 도적과 같다고 하셨습니다."

"아, 예."

"농사지을 땅도 없고, 장사할 밑천도 없는 사람은 부지런히 남의 일을 해주고 품을 팔되, 일을 하는 척하고 놀기를 즐기며, 주인이 지켜보지 아니하면 한눈을 팔면서 품삯만 챙기면 이 또한 남의 재물을 훔치는 도적과 같다고 하셨습니다."

"아, 예."

 "또한 풀무간을 차려놓고 호미나 낫을 만드는 사람은 연장을 만들어주고 그 대가를 받아 살되, 정직하게 튼튼한 물건을 만들어야 할 것이니, 겉만 번지르르하고 쓸모가 없게 만들거나, 몇 번도 쓰지 아니해서 못쓰게 될 물건을 만들면 이 또한 남의 재물을 훔치는 도적과 같다고 하셨습니다."
 사시가 고개를 끄덕이며 말했다.
 "아이구, 참으로 옳으신 말씀이시옵니다요. 세상에는 글쎄 한두 번 쓰면 부러지는 몹쓸 연장을 만드는 무리도 있더라니까요."
 모례도 한 마디 했다.
 "눈 속이는 장사치는 또 얼마나 많고?"
 아도스님이 빙그레 웃었다.
 "사람이 생업으로 삼는 일은 많고도 많지요. 어떤 사람은 옷감을 짜고, 또 어떤 사람은 고기를 잡고, 또 어떤 사람은 나라의 녹을 먹고……."
 모례가 말했다.
 "맞습니다요. 어떤 사람은 팔자가 좋아 나라의 녹을 먹으면서 손발 한 번 까딱하지도 아니하고 떵떵거리고 삽지요."
 사시가 맞장구를 쳤다.
 "세상에 글쎄, 손에 흙 한 번 묻히지 아니하고도 잘만 살더라니까요."
 아도스님이 말을 이었다.
 "그래서 부처님께서는 나라의 녹을 먹는 자는 마땅히 정직을 근본으로 삼아야 할 것이요, 공평무사함을 으뜸으로 삼아야 할 것이요, 청빈함을 자랑으로 여기라 이르셨습지요."
 모례가 얼굴을 찡그리며 말했다.
 "허나 요즘 나라의 녹을 먹고 사는 자들 가운데는 정직하지 아니하고 공평하지 아니하고, 부자로 사는 자들이 많고도 많사옵니다요."
 사시가 모례를 쳐다보며 맞는다는 듯 끄덕였다.
 "죄없는 사람을 잡아다 가두고 재산을 빼앗아 먹는 자도 있구요, 곡식을 뒷전으로 받아먹고 운력에서 빼주는 자도 있구요, 아 심지어는 글쎄 곡식 몇 가마를 받아처먹고 싸움터에 나가지 않게 해주는 자도 있었답니다요."
 두 오누이의 말을 듣고 있던 아도스님이 말했다.
 "그래서 부처님께서는 이렇게 엄히 이르셨지요. '나라의 녹을 먹는 자 가운데 정직하지 아니하고 공평하지 아니한 짓으로 재물을 모은 자는 죽어서 반드시 아귀가 될 것이다.'"

# 12
## 곡식이 담긴 그릇과 흙이 담긴 그릇

　사람 사는 세상에는 착한 사람이 있는가 하면 악한 사람이 있고, 정직한 사람이 있는가 하면 못된 사람이 있고, 청렴결백한 사람이 있는가 하면 탐관오리가 있으니, 그래서 아도스님은 부처님의 말씀을 빌어 탐관오리는 죽어서 반드시 아귀가 될 운명을 면치 못한다고 이르신 것이다.
　사시가 고개를 갸우뚱거렸다.
　"방금 스님께서 그런 못된 자들은 죽어서 반드시 아귀가 된다고 그러셨습니까요?"
　모례도 고개를 갸우뚱하며 물었다.
　"아귀가 된다면, 그 아귀가 대체 무엇이온지요, 스님?"
　아도스님이 모례와 사시를 쳐다보며 입을 열었다.
　"예, 부처님께서는 나라의 녹을 먹으면서 부정한 짓으로 재물을 얻은 다음, 나라의 힘을 빌어 사사로운 이익을 취하면서 백성을 억울하게 한 자는 도적 가운데서도 가장 더럽고 치사한 도적이라 하시고 이들은 반드시 죽어서 아귀 신세를 면치 못한다 하셨거늘, 아귀는 배는 커서 마을 앞에 있는 남산만 하거니와 입은 작고 작아서 바늘귀만 하니, 세세생생 굶주림의 고통을 겪게 된다 하셨습니다."

사시의 눈이 동그래졌다.

"아니, 배는 커서 남산만한데, 입은 작아서 바늘귀만 하다면, 아이구 그럼 그 아귀는 어느 세월에 배를 채운답니까요, 그래."

모례가 사시를 쳐다보며 말했다.

"배를 채우기는 어느 세월에 채워? 나라의 녹을 받아먹고 사는 자가 온갖 협잡질로 이것저것 마구 처먹었으며 그만한 벌은 천 년 만 년 받아야 싸지 뭐, 안그렇습니까요, 스님?"

아도스님이 빙그레 웃었다.

"그래서 부처님께서는 나라의 녹을 먹는 자는 청빈을 근본으로 삼으라 하신 것이지요."

모례가 한 마디 했다.

"아이구 이거 그저, 이런 부처님 말씀은 나라의 녹을 먹는 자들을 모조리 한자리에 모아놓고 들으라고 해야 하는 것인데……"

사시가 모례를 쳐다보며 말했다.

"아이구 참, 그러고보니 그런 소리 듣기 싫어서 부처님교를 못들어오게 하고, 스님을 잡아다 죽이고 그러는 것 아닙니까요, 오라버님?"

모례가 고개를 끄덕이며 대답했다.

"그, 그러게 말씀야."

아노스님이 고개를 설레설레 저었다.

"그렇지만 그건 그렇지가 아니할 것입니다. 임금께서나 대신들께서 만약 부처님의 가르침을 단 한 번만이라도 듣기만 하셨다면 배척하실 까닭이 없으셨을 테니까요."

당시 신라에서는 불교가 과연 어떤 종교인지, 백성들에게 무엇을 가르치고 무엇을 믿고, 무슨 일을 하라고 하는지 전혀 알지도 못한 채, 무작정 불교를 배척하고 있었다.

아도스님은 지금의 경상북도 선산 땅, 모례의 집에서 머슴살이를 해가면서 부처님의 말씀을 한 마디 한 마디씩 전하고 있었다.

어느날 늦은 밤이었다.

모례와 그 누이동생이 아도스님에게로 와서 말했다.

"개짖는 소리가 가까이 들리는 것을 보니 밤이 깊은 것 같사옵니다마는 한 가지만 더 여쭙고자 하옵니다."

아도스님이 대답했다.
"예, 말씀하시지요."
모례를 한 번 쳐다본 후 사시가 말했다.
"저, 지난번에는 재물을 모으는 바른 방법을 일러주셨사옵니다마는……."
모례가 이어서 말했다.
"예, 이번에는 그러면 모은 재물을 과연 어떻게 쓰는 것이 가장 옳은 방법인지, 스님께서 가르침을 내려주십시오."
아도스님이 인자한 얼굴로 말했다.
"바른 방법으로 모은 재물을 과연 어떻게 써야 옳을 것인가, 그 점을 알고 싶으시다 그런 말씀이신지요?"
"예."
"두 분께서는 소승에게 참으로 답해올리기 어려운 물음을 주셨습니다."
사시가 아도스님을 쳐다보며 물었다.
"어쩐 연유로 어려운 물음이라고 하시는지요?"
아도스님이 대답했다.
"세상 사람들은 흔히들 이렇게 말합니다. '내가 모은 재산 내 마음대로 쓰는데 어느 놈이 감 내놔라, 배 내놔라 잔소리를 하는 게야? 엉?' 또 어떤 사람들은 이렇게도 말하지요. '내가 모

은 재물을 쓰기는 왜 써? 내가 쓰고, 우리 식구가 쓰고, 그러고도 남는 재물은 우리 곡간에 차곡차곡 쌓아 둬야지, 쓰기는 대체 어디다 쓸 것이냐고?' 이렇게들 말씀하시면서 이웃집에서는 굶어 죽어가는데도 남은 곡식으로 떡을 해먹기도 하고, 술을 빚어 마시기도 하고, 또 한편에서는 이웃 사람이야 굶어죽건 말건 곡간에다 곡식을 차곡차곡 쌓아놓기만 합니다. 그렇습지요?"

모례와 사시가 고개를 끄덕이며 대답했다.

"예."

잠시 모례와 사시를 쳐다보던 아도스님이 말을 이었다.

"허면 과연 재물을 어떻게 써야 옳게 쓰는 것인지 말씀을 드릴 것이니 밥그릇 두 개를 가져오도록 하시지요."

사시가 눈이 동그랗게 뜨고 물었다.

"밥그릇…… 두 개라니요?"

"한 그릇에는 곡식을 담고, 다른 한 그릇에는 흙을 담아오도록 하십시오."

"한 그릇에는 곡식, 다른 한 그릇에는 흙이요?"

모례와 사시는 서로 마주 쳐다보며 알 수 없다는 표정이었다.

바른 일을 해서 벌어들인 재물을 과연 어떻게 써야 옳게 쓰는 것인지, 그 방도를 알려주십사 하고 집주인 모례와 그 누이동생이 여쭈었더니, 아도스님께서는 느닷없이 그릇 두 개를 가져오되, 한쪽 그릇에는 곡식을 담고, 다른 그릇에는 흙을 담아오라 분부하셨으니 참으로 이상스런 일이었다.

　사시가 얼른 나가서 그릇 두 개를 가지고 들어왔다.

　"분부하신대로 이 그릇에는 곡식을 담고, 또 이 그릇에는 흙을 담아 왔사옵니다."

　아도스님이 사시가 가져온 그릇을 쳐다보며 말했다.

　"수고하셨습니다. 그러면 그 그릇들을 이 밥상 위에 올려놓도록 하십시오."

　모례는 사시가 가져온 그릇을 받아들며 말했다.

　"예. 내, 내가 올려놓도록 하마."

　모례가 밥상 위에 그릇 두 개를 올려놓았다.

　"자, 되었습니다. 스님."

　아도스님이 밥상 위에 있는 곡식이 담긴 그릇을 가리키며 말했다.

　"여기 이 그릇에 담긴 곡식은 사람이 먹고 사는 양식입니다. 맞습지요?"

　"예."

　아도스님은 흙이 담긴 그릇을 가리켰다.

"그리고 이쪽 그릇에 담긴 흙은 사람이 먹을 수도 없거니와 먹어봐야 아무 소용이 없겠지요."

모례가 대답했다.

"그, 그야 세 살 먹은 아이들도 다 아는 일이옵지요, 스님."

아도스님이 다시 밥상 위에 그릇을 내려다보며 말했다.

"어느 집에서는 이 양식이 먹고도 남을 만큼 많이 있고, 그 이웃집에는 양식이 떨어졌으니 이 흙이 담긴 그릇 신세입니다."

두 사람이 고개를 끄덕였다.

"예."

"양식이 남아도는 집주인은 내 재물, 내가 벌어서 내가 쓰는데 어느 놈이 참견이냐 하면서 떡을 만들어 먹자고 떡방아를 찧고 있습니다. 떡방아를 찧고 있는 절구질 소리를 들으면서 굶고 있는 사람들은 무슨 생각을 하게 되겠는지요?"

모례와 누이동생 사시는 서로 얼굴을 마주 보았다.

잠시 후 사시가 말했다.

"그, 그야 너무 한다 싶겠지요."

아도스님이 사시를 쳐다보며 다시 물었다.

"너무 한다 싶기만 할런지요?"

이번에는 모례가 대답했다.

"아, 아닙니다요. 내가 굶고 있는 이웃 사람이라면, '저, 저런 육실할 놈, 남은 하루 한 끼 죽도 못먹는 판에 떡을 해처먹다니 저런 개같은 놈이 세상에 어디 있어!' 하고 욕을 퍼부을 것이옵니다요."

아도스님이 입가에 미소를 지으며 말했다.

"바로 그렇습니다. 더구나 한 끼 두 끼도 아니고 사흘 나흘씩 굶고 있었다고 하면, 그 이웃 사람들은 몽둥이를 들고 부잣집에 쳐들어가서 양식을 빼앗고 싶은 악한 생각도 하게 될 것이옵니다."

사시가 얼른 대답했다.

"그, 그야 그렇겠습지요. 사흘 굶고 담 안넘을 사람 없다고 그랬으니까요."

아도스님이 계속해서 말했다.

"더구나 그 부잣집에서 한술 더 떠서 양식이 남아돈다고 해서 술까지 빚어 마시고 술냄새를 진동시키며 덩실덩실 춤까지 추어댄다면, 그래도 내 재산 가지고 내 마음대로 쓰는데 감히 누가 참견하느냐고 할 수 있겠습니까?"

모례가 큰 목소리로 말했다.

"무슨 말씀이시옵니까요? 그런 사람같지도 아니한 인간은 몽둥이질을 해서라도 내쫓아야지요."

아도스님이 단호한 목소리로 말했다.

"바로 그렇습니다. 자기 재물 자기가 모았다고 하더라도, 바른 짓을 해서 바르게 모았다고 하더라도, 이렇게 이웃이 굶고 있는데 흥청망청 쓰는 것은 스스로 죄를 짓고, 남에게도 죄를 짓게 하는 나쁜 짓이라 할 것입니다."

사시가 알겠다는 듯이 아도스님을 쳐다보며 말했다.

"아이구 이거, 그래서 스님께서 우리 곡간에 쌓아둔 양식을 나누어 주셨구먼요."

아도스님이 말했다.

"양식 뿐이 아니옵니다. 엄동설한에 남은 홑껍데기옷 한 벌도 제대로 입지 못한 채 헐벗고 있는데 부잣집이라고 해서 두꺼운 솜옷을 두 겹, 세 겹 껴 입고, 거기다가 또 여우털까지 뒤집어쓰고 다니면서 부자 행세를 하고 있다면 이것 또한 큰 죄를 짓는다 할 것입니다."

열심히 듣던 모례가 말했다.

"아이구 스님, 그 말씀 한 번 시원하게 잘 해주셨습니다요. 이, 글쎄 우리 마을에도 밥술이니 처먹고 산디고 그 거한 여우털인지 족제비털인지, 그걸 그냥 뒤집어쓰고 다니는 여편네가 한 명 있습니다요."

사시가 모례를 흘겨보며 말했다.

"아이구 참 오라버님은 어쩌자고 이렇게 남의 흥을 보시옵니까요?"

모례가 사시를 쳐다보며 말했다.

"아, 내가 어디 흥을 보는 게냐? 사실이 그렇다는 말이지."

사시가 멈칫거리며 아도스님에게 물었다.

"저 하오면 스님, 사실은 명년 봄에 해동이 되면 집을 좀 더 크게 늘려 지을까 그걸 오라버님과 의논중이었는데요, 그것도 그러면……"

아도스님이 얼른 말을 받았다.

"그야 물론 식구가 많은 집에서 방을 늘이고, 집을 키우는 것이야 어느 누가 탓할 일이겠사옵니까마는 공연히 부잣집 행세를 하고, 남에게 으시대고 뽐내기 위해서 집을 크게 짓고, 으리으리하게 집을 치장하면 그것도 가난한 사람들에게는 죄를 짓는 일이라 할 것이옵니다."

모례가 아도스님을 쳐다보며 말했다.

"아, 저 그건 말씀이옵니다요, 스님!"

모례를 쳐다보며 사시가 말했다.

"예, 저, 방을 늘이려는 생각은요, 스님께 이 비좁은 골방을 쓰시게 하는 게 죄송스러워서 그랬구먼요."

아도스님이 손을 내저었다.

"아이구 원 당최 그런 말씀 마십시오. 소승이야 이 골방이 어느 대궐에 비하겠습니까? 이렇게 분에 넘치는 대접을 받는 것만 해도 송구스러운 일이거늘 감히 어찌 더 큰 방을 바라겠사옵니까?"

"아이구 그래도 그렇습지요. 마을 사람들이 들을 적에는 별수 없이 우리집 머슴, 머슴합니다만, 이거 이러다가 큰 죄를 짓는 것이나 아닌지 원 그게 걱정이옵니다요, 스님."

아도스님이 웃으며 말했다.

"아니시옵니다. 죄를 지으시다니요? 두 분께서는 착하고 어질게 사시는 이 공덕으로 세세생생 큰 복을 누리시게 될 것이옵니다."

아도스님은 밤이 깊도록 집주인 모례와 그의 누이동생에게 부처님의 가르침을 전해주었다.

멀리서 개짖는 소리가 들려오자 사시가 말했다.

"아이구 이거 스님, 밤이 너무 야심하니 그만 주무시도록 하시지요."

아도스님이 웃었다.

"허허허, 소승은 아직 괜찮소이다만 고단하시면 그만 가서 주무시도록 하시지요."

그러자 모례가 밥상 위에 올려놓은 밥그릇을 쳐다보며 말했다.
"아, 아니옵니다요. 스님께서 이 그릇 두 개를 가져오라 하셨을 적에는 다 그만한 까닭이 있으실 것이온데, 더 하실 말씀은 없으시온지요?"
아도스님은 그제서야 생각난다는 듯 말했다.
"오, 참 그렇구먼요. 하마터면 헛고생만 하시게 할 뻔 했소이다, 그려."
사시도 한 마디했다.
"참 그렇구먼요. 스님께서는 내 재산 내 마음대로 쓰는데 무슨 참견이냐, 그렇게 말하는 사람만 말씀해 주셨지, 차곡차곡 쌓아두기만 하는 사람은 아직 말씀해주시지 않으셨사옵니다."
아도스님이 알겠다는 듯 고개를 끄덕였다.
"…… 그랬지요. 허면 여기 놓인 이 두 개의 그릇을 보십시오."
"예."
"이 그릇에 담긴 이 양식은 먹고 남은 양식이라 곡간에 차곡차곡 쌓아둔 곡식 가마니라고 하십시다."
"예."
"먹고 남은 곡식 가마니이니, 이 집 주인은 결코 이 곡식에는 손을 댈 일이 없습니다. 이 여분의 곡식 말고도 먹을 양식은

또 따로 충분히 있으니까 말씀이지요."

모례가 대답했다.

"그, 그야 그렇겠습지요."

아도스님이 계속해서 말했다.

"자기 식구도 손댈 일이 없고, 남에게도 결코 내주지 아니할 곡식을 곡간에 열 가마 스무 가마 쌓아놓고 있습니다."

두 사람이 고개를 끄덕였다.

아도스님이 두 사람을 쳐다보며 빙그레 웃었다.

그리고는 흙이 담긴 그릇을 가리켰다.

"허면 이번에는 흙이 담겨있는 이 그릇을 보십시다."

두 사람의 시선이 흙이 담긴 그릇으로 옮겨갔다.

"이 그릇에 담긴 이 흙은 먹지도 못할 것이라 곡간에 넣어두면 이 그릇에 담긴 그대로 있을 것이옵니다."

사시가 대답했다.

"그야 그렇겠습니다, 스님."

그러자 아도스님이 말했다.

"곡간에 넣어두고 보기만 하려면 가마니에 곡식을 담아놓은 것이나, 가마니에 흙을 담아놓은 것이나 같다고 할 것입니다."

모례가 누이동생 사시를 쳐다보다가 다시 아도스님을 쳐다보며 말했다.

"무슨…… 말씀이시온지요?"
아도스님이 설명했다.
"사람이 먹으려고 할 적에는 곡식과 흙은 다르지만, 자기가 먹지도 아니하고, 남에게 먹이지도 아니하려면, 가마니에 곡식을 담아놓은 것이나 가마니에 흙을 담아놓은 것이나 무엇이 다르겠느냐, 이런 말씀이지요."
사시가 고개를 갸우뚱했다.
"…… 다시 말씀해 주시지요, 스님."
아도스님이 천천히 말했다.
"다시 말씀드리자면 곡식은 먹어야 곡식이지, 담아만 놓아두고 쌓아놓기만 한다면 그건 차라리 가마니에 흙을 담아두는 것만도 못하다는 말씀이지요."
모례가 이내 알겠다는 듯 싱긋 웃었다.
"그, 그러니까 고기는 씹어야 맛이요, 곡식은 먹어야 곡식이다, 그런 말씀이시지요?"
아도스님이 고개를 끄덕였다.
"그렇습니다. 자기도 먹지 아니하고, 남도 먹이지 아니하면 그 곡식은 곡식 구실을 제대로 하지도 못한 채 변하고 썩어서 나중에는 아무짝에도 쓸모가 없어지고 말 것이옵니다. 더구나 이웃집 사람이나 일가친척은 굶어죽고 있는데, 아까운 곡식을

곡간에 쌓아둔 채 썩히고 있다면 그 사람은 욕심 때문에 큰 죄를 짓고 있다 할 것입니다."

열심히 듣고있던 사시가 그제서야 고개를 끄덕였다.

"아이구 스님, 이제야 말귀를 알아들었사옵니다."

모례가 고개를 숙였다.

"스님의 깊으신 뜻을 소인도 이제야 알겠습니다요."

아도스님이 밥상 위의 그릇들을 가리키며 말했다.

"자, 그럼 이제 주무시도록 하십시오."

그 다음날 아침이었다.

아도스님이 남 모르게 골방 안에서 예불을 모신 뒤에 밖으로 나오니 집주인 모례와 그 누이동생이 헌 옷가지 하나를 붙잡고 실랑이를 하고 있는 것이었다.

아도스님이 이상히 여겨 물어보았다.

"아니 두 분께서 어쩐 일로 이렇게 밀거니 당기거니 이러시는지요?"

사시가 아도스님을 쳐다보며 말했다.

"아이구 예, 아무 일도 아니구먼요, 스님."

모례가 아도스님을 보자 반색을 하며 말했다.

"마침 잘 나오셨습니다요, 스님. 이 잠방이 말씀입니다요, 나는 금년 한 철 더 입어야겠다고 그러는데도 이 아이는 글쎄 이제 그만 버려야한다고 우기질 않겠습니까?"
 사시가 어이없다는 듯 오라버니를 흘겨보며 말했다.
 "아이구 참, 우리 오라버님은 옷들을 두었다가 어디다 쓰시려고 이러시는지, 이것 좀 보십시오 스님, 아 이렇게 다 해진 잠방이를 금년 일 년을 더 입으시겠다니 세상에 이런 자린고비가 또 어디 있으시냐구요, 글쎄……."
 아도스님이 웃었다.
 "허허허허, 난 또 무슨 일로 이러시는가 했더니만……. 그 헌 잠방이 때문에 그러신다면 아주 좋은 방도가 있습니다."
 귀가 솔깃해진 모례가 스님을 쳐다보았다.
 "좋은 방도라니요, 스님?"
 "일찍이 부처님께서 이르시기를……."
 부처님의 말씀이라는 아도스님의 말에 사시가 눈을 동그랗게 뜨고 물었다.
 "예에? 아니 부처님께서는 헌 잠방이까지 어떻게 하라고 이르셨단 말씀이시옵니까요?"
 아도스님이 빙그레 웃으며 고개를 끄덕였다.
 "그야 이르셨습지요. 옷이 낡아서 입지 못하게 되거든 그런 헌옷을 모아서 방석을 만들어 쓰라 이르셨지요."

모례가 물었다.

"그, 그러면 방석으로 쓴 다음에는요?"

"방석으로 쓴 다음에 더 낡아서 못쓰게 되면 그때에는 걸레를 만들어 쓰라고 이르셨지요."

이번에는 사시가 물었다.

"하오면 걸레로 쓴 다음에야 버리라고 하셨단 말씀이시옵니까요?"

아도스님이 고개를 설레설레 흔들었다.

"아닙니다. 걸레로 쓴 다음에도 그냥 버리지 못하게 하셨지요."

모례가 입을 딱 벌리고 아도스님을 쳐다보았다.

"아니 걸레로도 못쓸 것을 그럼 또 어디에다 쓰라고 이르셨단 말씀이십니까요?"

"실 한 오라기도 귀히 여기고 소중하게 여겨야 할 것이니, 걸레로 쓴 다음에는 그것을 잘게 썰어서 흙에 섞어 벽을 바르는 데 쓰라고 이르셨지요."

"아이구, 세상에……."

모례와 사시는 다음 말을 잇지 못하고 그저 입만 벌리고 아도스님을 쳐다보았다.

# 13
## 그것은 향이오

　우리의 옛문헌 삼국유사와 수이전, 그리고 경상북도 선산군에 있는 도리사에서 발견된 아도본비, 그리고 또 전라남도 나주의 죽림사에서 발견된 죽림사지와 해동 고승전에는 아도스님에 대한 이야기가 여러 가지로 기록되어 있다.
　천 년도 더 넘은 장구한 세월을 거슬러 올라가 오늘의 우리가 아도스님의 행적을 더듬을 수 있으니, 이 기록이라고 하는 것이 참으로 얼마나 소중한 것인가를 새삼 느끼게 한다.
　천 년도 넘는 세월을 용케도 견디고 오늘까지 보존되어 전해진 여러 가지 기록들을 종합해보면 아도스님이 모례의 집에 머슴의 신분으로 머물고 있을 무렵에 일어난 일이다.
　하루는 집주인 모례의 누이동생 사시가 우물가에 갔다가 물을 길어 머리에 이고는 급히 집으로 돌아왔다.

사시는 집에 들어서자마자 호들갑스럽게 오라버니를 불러댔다.

"오라버님, 오라버님, 어서 좀 나와보셔요, 예?"

"아니 무슨 일인데 그러는게냐?"

사시는 머리에 인 물동이를 가리켰다.

"아이구 어서 이 물동이 좀 내려주세요."

모례가 물동이를 내려놓자 사시가 말했다.

"흐휴, 이거 큰 일 났어요, 오라버님."

"글쎄, 무슨 일이냐니까 그러는구나."

사시는 얼른 대답하지 않고 조심스레 주위를 두리번거렸다.

"스님은 어디 계시지요, 지금?"

"스님? 스님께선 아마도 골방 안에서 경책을 보고 계실텐데…… 대체 왜 그러느냐?"

그제서야 사시가 조그마한 목소리로 말했다.

"글쎄 우물가에서 들었는데요. 웬 순라꾼들이 서너 명이나 들이닥쳐가지고요……."

모례의 눈이 휘둥그레졌다.

"무엇이? 순라꾼들이?"

"예에. 글쎄 순라꾼들이 집집마다 돌아다니면서 무엇을 알아보고 다닌다지 뭐겠습니까요?"

모례가 혀를 끌끌 찼다.
"허허, 그럼 이거 이러고 있을 일이 아니로구나."
사시가 걱정스럽게 말했다.
"그렇다고 이 밝은 대낮에 스님을 산속으로 피하시도록 할 수도 없는 일이구요."
모례가 사시에게 물었다.
"대체 무엇을 알아보고 다닌다고 그러더냐, 그래?"
"우물가에 온 아녀자들이 자세한 사연을 어떻게 알 수 있겠습니까요? 하여튼 무엇을 물어보고 다니더랍니다요."
모례가 조그맣게 말했다.
"가만, 그럼 너는 여기 있거라. 내 뒷곁 골방에 가서 스님께 나오시지 마시라고 말씀이라도 해드리고 와야겠다."
그런데 바로 그날 오후였다.
집주인 모례와 그 누이동생이 행여라도 순라꾼들이 집으로 들이닥칠까 하여 가슴을 조마조마하고 있는데 아랫집 노인의 목소리가 들려왔다.
"여보게 모례, 집에 계시는가?"
사시가 모례를 쳐다보며 말했다.
"아이구 오라버니, 저 어른께서 어쩐 일이시래요?"
"그, 그러게 말이다."

노인이 모례의 집으로 들어서며 모례를 쳐다보고 말했다.

"아이구, 마침 자네 집에 있었구먼 그래."

"아, 예. 어서 오십시오."

노인은 집주인 모례와 사시의 눈 앞에 웬 가느다란 막대기 같은 것을 들이밀며 말했다.

"여보게 모례, 자네 이게 무엇인지 혹시 알겠는가?"

모례와 사시는 서로 마주보고는 알 수 없다는 표정을 지었다.

"이, 이것이 대체 무슨 물건인데 이러십니까요?"

모례가 만지려하자 노인이 기겁을 하였다.

"어어, 만지지는 말고 눈으로만 잘 보게. 손으로 만지면 부러지는 물건이라네."

사시가 자세히 들여다 보며 물었다.

"손으로 만지면 부러진다니요?"

모례와 사시가 손으로 만지려다 말고 멈칫거리자 노인이 웃으면서 말했다.

"허허허, 손은 왜 내밀고 이러는고? 이 물건이 무슨 물건인지 모르겠지?"

모례가 고개를 갸우뚱거렸다.

"예, 모르겠습니다요. 처음 보는 물건인데요."

노인은 그러면 그렇지 하는 표정이었다.

"나도 모르는데 자네가 알 턱이 있는가?"
사시가 물었다.
"하온데, 무슨 일로 이 물건을 들고 오셨는지요?"
그제서야 노인이 모례와 사시를 쳐다보며 말했다.
"이 물건이 무슨 물건인지 아는 사람에게는 나라에서 상을 내린다지 뭐겠는가?"
모례와 사시가 큰 목소리로 말했다.
"예에? 상을 내려요?"
노인이 고개를 끄덕이고는 물었다.
"자네집 머슴 아서방은 어디 있는가?"
사시가 움칫거리며 물었다.
"아서방은 왜요?"
"아, 그 사람은 아는 것이 많으니 이 물건이 무슨 물건인지 알것 같아서. 그래서 내가 순라꾼에게 한 가치 얻어온 게야."
모례가 말했다.
"아니 그러면 그 순라꾼들이…… 바로 이 물건 때문에……?"
모례가 한 걸음 더 가까이 다가서며 들여다 보자 노인이 만류했다.
"허허 이 사람, 이 귀한 물건 부러뜨리겠네. 한 걸음 물러서서 보라니까 그래."

사시가 물었다.

"아니 하오면 어르신, 그 순라꾼들이 우리 마을에 온 것은……?"

"아, 글쎄 이렇게 생긴 물건을 두 상자씩이나 중국에서 보내왔다는데 말일세. 임금님도 대신들도 이 물건이 대체 무슨 물건인지, 어디다 쓰는 물건인지 그것을 모르니, 그래서 순라꾼을 풀어 이 물건이 무슨 물건인지 아는 사람을 찾아다닌다는 게야."

그제서야 모례가 고개를 끄덕였다.

"아, 예. 그래서 순라꾼들이 돌아다녔구먼요."

노인이 주위를 둘러보며 말했다.

"아서방은 어디 있는가? 그 사람은 알지도 모르니 어서 불러서 한 번 물어보세나."

사시가 얼른 대답했다.

"아 예, 그러시지요. 제가 가서 불러오겠습니다."

이윽고 아도스님이 뒷곁을 돌아나와 노인 앞에 서게 되었는데 노인은 대뜸 아도스님의 눈앞에다 가느다란 물건을 들이밀며 물었다.

"어서 말 해보게! 대체 이 물건이 무슨 물건인고?"

아도스님은 노인이 손끝에 들고 있는 한 가치 가느다란 물건을 보고는 대답 대신 빙그레 웃기만 했다.
 노인이 손끝에 쥐고 아도스님의 눈앞에 들이민 한 가치 가느다란 물건이란 다름 아닌 향이었다.
 애가 닳은 노인이 다시 물었다.
 "아 이 사람아, 늙은이 속 타게 하지 말고 어서 말 해보게나! 이 물건이 무슨 물건인지 아는가, 모르는가?"
 아도스님은 대답대신 노인에게 물었다.
 "이것을 대체 어디서 구하셨는지요, 어르신?"
 노인이 답답하다는 듯 말했다.
 "허허 이 사람, 이거 내가 묻는 말에는 대답을 하지도 않고 오히려 나에게 물어? 도대체 이 물건이 무엇인지 안단 말인가, 모른단 말인가?"
 "그야 이 물건은……."
 "아신단 말씀이세요?"
 사시가 아도스님을 쳐다보며 물었다.
 "대체 무슨 물건이오?"
 모례도 아도스님에게로 한발짝 다가섰다.
 노인은 손사래를 치며 모례와 사시를 가로막고는 아도스님에게로 바짝 얼굴을 들이밀었다.
 "허허, 이 사람들 이거, 이렇게 한꺼번에 쌍나팔을 불면 누구

말에 대답을 하라는 게야? 어서 말해 보시게. 이 물건이 대체 무슨 물건인가?"

아도스님이 노인의 손끝을 가리키며 말했다.

"예, 이 물건으로 말씀드리자면……."

아도스님이 향을 만지려 하자 노인이 펄쩍 뛰며 한 걸음 뒤로 물러섰다.

"허허, 손으로 만질 생각은 하지도 말고 대답만 하란 말일세. 만지면 부러진다고 그랬다니까……."

아도스님이 말했다.

"알고 있습니다. 이게 바로 향이라는 것이옵니다."

세 사람이 함께 말했다.

"향?"

모례가 되물었다.

"아니 그럼 이 물건의 이름이 향이란 말이시던가?"

아도스님이 대답했다.

"예, 그렇사옵니다."

사시가 다시 물었다.

"그, 그러면 대체 어디다 쓰는 것인지요?"

미처 아도스님이 대답하기도 전에 노인이 재촉을 했다.

"어서 말해 보시게. 어디다 쓰는 무슨 물건인가?"

"예, 이 향이라고 하는 것은 참으로 신령스러운 향기를 내뿜는 것이오라……."
 노인이 말했다.
 "신령스러운 향기를 내뿜는다고?"
 아도스님이 노인에게 말했다.
 "코에 대시고 냄새를 맡아 보시면 아시게 될 것이옵니다."
 노인은 아도스님이 말한 대로 향을 조심스럽게 코끝에 대고 냄새를 맡았다.
 "어디…… 흠흠…… 음…… 과연 향기가 진동하는구먼…… 헌데 이 물건을 어디다 어떻게 쓴다는 말이던고?"
 아도스님이 설명했다.
 "예, 이 향에 불을 붙여 부처님 전에 올리기도 하고 천신이나 조상님께 제사를 지낼 적에 올리는 것이옵니다."
 모례가 노인의 손에 들려있는 향을 쳐다보며 알 수 없다는 표정을 지었다.
 "불을 붙인다니……?"
 아도스님이 말했다.
 "예, 이 향 끝에 불을 붙여 놓으면 차차 타들어가면서 신령한 연기와 함께 향내를 풍기게 되는 것입지요."
 사시가 신기한 물건을 들여다보듯 다시 쳐다보았다.

"아이구 참 신통한 물건도 다 있구면요."
노인의 얼굴이 환해졌다.
"이제 되었네. 자네 나하고 순라꾼에게 가도록 하세나."
아도스님이 흠칫 놀랐다.
"아, 아니옵니다."
노인이 눈을 흘기며 아도스님에게 말했다.
"아니긴 이 사람아. 이 물건이 어디에 쓰는 무슨 물건인지 아는 사람에게는 나라에서 큰 상을 내린다는데 어째서 안가겠다는 게야 그래?"
아도스님이 우물거리며 대답했다.
"아, 예. 저 소인은 상 같은 것을 받으려고 말씀드린 게 아니오라……."
아도스님이 난처해 하자 모례가 끼어들었다.
"상일랑은 노인 어른께서 대신 받아오시구요……."
사시가 고개를 끄덕이며 말했다.
"그, 그러신 다음에 전해주시면 될것이옵니다요, 어르신."
그러나 노인은 펄쩍 뛰는 것이었다.
"에이끼 이런! 아, 순라꾼한테 가면 이름부터, 사용하는 방법까지 자세하게 이르라고 할 것이오, 대체 어찌해서 알게 되었느냐고 꼬치꼬치 캐물을 것인데 이 늙은이를 욕보일려고 나

혼자 가라는 게야? 자, 여러 소리 말고 어서 가세나, 응?"
 아도스님은 노인의 성화에 어쩔 줄을 모르고 그저 멍하니 서 있었다.
 그렇지 않아도 순라꾼에게 발각이 될까 봐 조심하고 지내던 터에 스스로 순라꾼에게 걸어가게 되었으니, 만약에 승려의 신분이 발각이라도 되는 날에는 또 무슨 봉변을 당할지 모르는 일이었다.
 허나 이런 영문을 모르는 마을 노인은 덮어놓고 아도스님의 옷소매를 잡아 끄는 것이었다.
 "아, 어서 가자니까 그래?"
 사시가 모례에게 말했다.
 "아이구 이 일을 글쎄 어찌하면 좋겠습니까요?"
 모례도 난처한 기색이 역력했다.
 "그, 그러게 말이다."
 그때 잠자코 있던 아도스님이 결심한 듯 조용한 목소리로 말했다.
 "너무 염려마십시오. 소인이 노인 어른을 모시고 다녀오도록 하겠습니다."
 모례와 사시가 놀라서 미처 대답을 못하고 서로의 얼굴만 쳐다보고 있는데 노인은 신이나서 앞장서며 말했다.

"아 그럼, 나라에서 상을 내린다는데 어서 가야지."

아도스님은 순라꾼을 만나서 향에 대한 자세한 설명만 해주면 무사히 돌아오게 되리라 생각하고 노인이 이끄는대로 순라꾼을 만나러 갔다.

그러나 막상 순라꾼을 만나고 보니 일이 또 묘하게 꼬이게 되고 말았다.

순라꾼이 물었다.

"아, 그러니까 이 물건의 이름을 향이라고 한다 그말이렸다?"

노인이 얼른 대답했다.

"그, 그렇습니다요."

순라꾼이 말했다.

"허허 이 노인, 사람 헷갈리게 하는구먼. 이것 보시오, 이 물건에 대해서 소상히 아는 사람이 노인이시오? 아니면 이 사람이오?"

노인이 머쓱해서 말했다.

"그, 그야 소상히 아는 건 이 사람이구요, 이 사람이 소상히 알고 있는 것을 이 늙은이가 또 알게 되었다 그런 말……."

노인의 말이 미처 끝나기도 전에 순라꾼이 아도스님을 쳐다보며 말했다.

"아, 알았어요. 노인은 이제 그만 집으로 돌아가시고, 당신은 말이요."
　아도스님이 순라꾼을 쳐다보았다.
　"아, 예."
　"이 물건에 대해서 소상히 알고 있다니 참으로 잘 되었소. 우리와 함께 왕궁으로 갑시다."
　아도스님은 소스라치게 놀랐다.
　"예에? 왕궁으로요?"
　노인이 옆에서 한 마디를 했다.
　"아, 아니 그, 그러면 이 사람만 데리고 왕궁으로 간단 말이시오?"
　순라꾼이 고개를 끄덕이며 노인에게 말했다.
　"노인은 그만 집으로 돌아가시란 말이오!"
　아도스님이 사정했다.
　"아니, 이것 보십시오. 이 향에 관해서는 소인이 이미 소상하게 다 말씀드렸는데 제가 굳이 왕궁으로 꼭 가야만 하겠습니까?"
　순라꾼이 말했다.
　"임금님께서 소상히 물으시면 내가 어찌 아뢸 수 있겠소이까? 당신에게 큰 상을 내리실 것이니 어서 가도록 합시다."
　큰 일이 아닐 수 없었다.

　산 넘어 산이라고 하더니만 순라꾼만 만나고 돌아올 작정이었는데 이번에는 그 순라꾼에게 이끌려 왕궁에까지 가게 되었으니 참으로 아득한 일이었다.
　아도스님은 기왕 일이 이렇게 된 바에야 죽기를 각오하고 왕궁으로 들어갈 수밖에 없었다.

　왕이 아도스님에게 물었다.
　"그래, 그대가 중국에서 보내온 이 물건에 대해서 소상히 알고 있단 말이더냐?"
　아도스님이 고개를 숙이며 대답했다.
　"예, 그렇사옵니다, 대왕마마."
　"그럼 어서 소상히 일러라!"
　"예, 이것은 바로 향이라고 하는 것이온데, 이 향끝에 불을 붙이면 신령스러운 푸른 연기와 함께 참으로 신령스러운 향기가 가득하게 되옵니다."
　왕이 고개를 갸웃거리며 물었다.
　"가만, 그 물건 끝에다 불을 붙인다고 하였느냐?"
　"그렇사옵니다."
　왕이 신하에게 말했다.
　"그럼 어디 불씨를 갖다주어 그 향이라는 물건 끝에 불을 한 번 붙여보도록 하여라."

　잠시후, 대령하고 있던 신하가 그릇에 불씨를 담아오자, 아도스님은 향 한 가치를 뽑아 불을 붙였다.

　그러자 과연 향끝에서 신통하게도 푸른 연기와 함께 그윽한 향기가 피어오르는 것이었다.

　왕과 신하들은 크게 놀라서 눈이 휘둥그레졌다.

　"오! 과연 이 신령스러운 연기, 신령스러운 향기로다! 이것 보아라."

　아도스님이 대답하자 왕이 다시 물었다.

　"허면 이 향이라고 하는 이 신통한 것은 과연 언제 어디서 피우는 것이던고?"

　아도스님이 대답했다.

　"예, 이 향은 스스로 제몸을 태워 온세상을 향기롭게 하고 또한 이 향의 연기와 향기는 신령스러운지라 삿된 잡귀를 쫓고 삿된 생각을 쫓는다 하여 부처님 전에 피워 올리기도 하고 천신께 제사 지낼 적에 피워 올리기도 하고, 조상님께 제사를 지낼 적에 피워 드리기도 하옵니다."

　왕이 고개를 끄덕였다.

　"오! 그 향은 피우면 피울수록 그 향기가 참으로 황홀하도다! 이것 보아라."

"예, 대왕마마."

"그대는 대체 어디에 사는 누구이던고?"

"예, 소인은 일선 땅 모례 장자댁의 머슴이옵니다."

왕이 다시 물었다.

"무엇이? 머슴이라고 그랬느냐?"

"예, 그러하옵니다. 대왕마마."

"아니, 그러면 머슴의 신분으로 감히 어찌 이런 신령스러운 향에 관해서 이렇듯 소상하게 알고 있단 말이던고?"

아도스님은 잠시 조용히 있다가 결심한 듯 입을 열었다.

"아뢰옵기 황송하오나 대왕마마께옵서 윤허하여 주신다면 소상한 내력을 아뢰올까 하옵니다."

왕이 말했다.

"어서 일러라! 너는 대체 어찌하여 머슴의 신분으로 향에 관하여 그리도 자세히 알고 있단 말이더냐?"

"예, 소인은 본시 중국 북위나라 사신과 고구려 여인 사이에서 태어났사옵니다."

왕이 놀라서 목소리가 커졌다.

"아니, 무엇이라고? 중국 북위나라 사신과 고구려 여인?"

아도스님이 침착하게 말을 이었다.

"예. 그래서 소인의 얼굴색이 이리 검은 바, 어릴 적부터 묵호자라 놀림을 받은 끝에 중국 땅으로 아버님을 찾으려 들어갔었사옵니다."

왕이 궁금한 듯 물었다.

"그래서 애비는 만나보았느냐?"

아도스님이 고개를 끄덕이며 말했다.

"예, 대신이 되어계시는 아버님 덕택에 북위나라 황제의 천거를 받아 중국 사찰에서 공부한 뒤 돌아왔사온데, 그때에 이 향을 쓰는 법을 보고 배웠사옵니다."

왕이 놀라서 물었다.

"아니 허면 너는 불교라고 하는 교의 중국 북위나라 승려 신분이란 말이더냐?"

아도스님이 고개를 숙이며 대답했다.

"그렇사옵니다만 고구려 땅에서는 묵호자라는 놀림 때문에 살 수가 없었기로 인심이 온후한 신라 땅에 들어와 머슴살이를 하면서 편히 지내고 있사오니 이것은 모두 대왕마마의 은덕인 줄로 아옵니다."

왕이 아도스님을 자세히 쳐다보며 말했다.

"이것 보아라!"

"예."

"우리 신라에서는 중국의 승려 신분을 가진 자를 처형하여,

나라 사이에 시비를 일으키고 싶지 아니하여 너의 목숨만은 살려줄 것이로되, 우리 왕궁에서는 불교를 퍼뜨리는 것을 엄히 금하고 있으니 행여라도 국법을 어기는 일이 있어서는 아니될 것이다."

"하오나, 대왕마마."

"듣기 싫다."

아도스님의 말은 듣지 않고 왕이 신하에게 명했다.

"여봐라, 한 번 약조한 일이니 이 자에게 옷감 오십 필을 상으로 주어 돌려보내도록 할 것이로되, 삿된 교를 퍼뜨리지 못하도록 단단히 감찰을 해야 할 것이니라!"

참으로 안타까운 노릇이었다.

신라의 왕은 아도스님의 이야기를 들으려고도 하지 아니한 채, 향에 대해 소상히 일러준 상으로 옷감 오십 필만을 내주었다.

아도스님은 하는 수 없이 부처님 말씀을 왕실에 전하지도 못한 채, 일선 땅 모례네 집으로 돌아오는 수밖에 없었다.

# 14
## 태어나는 것부터 고통이니라

 왕실에서 내준 옷감 오십 필을 소달구지에 싣고 집으로 돌아오자 맨발로 달려나와 반긴 사람은 모례의 누이동생 사시였다.
 "아이구 스님, 무사히 돌아오셨군요."
 아도스님이 주위를 둘러보며 물었다.
 "주인 어른은 어디 출타라도 하셨는지요?"
 "아, 아니옵니다. 그동안 스님 걱정만 하시다가 방금 전에 논을 둘러보러 나가셨습지요."
 아도스님이 소달구지를 가리키며 말했다.
 "저기 상으로 내려준 옷감 오십 필을 가져왔으니 주인 어른과 노인장과 의논하셔서 마을 사람들에게 골고루 나누어 주도록 하십시오."
 사시가 고개를 숙이며 대답했다.

"예, 스님, 그렇게 하겠습니다."

아도스님이 나라에서 상으로 받아온 옷감을 마을 사람들에게 골고루 나누어 주게 하니, 마을 사람들은 그 은혜에 다시 한 번 감복하였다.

마을 사람들에게 옷감을 나누어 주는 사시에게 노인이 물었다.

"아니, 그래 궁궐에서 상으로 내린 옷감을 온 마을 사람들에게 나누어 주라고 그랬단 말이던가?"

사시가 대답했다.

"예, 그래서 이렇게 집집마다 똑같이 돌리고 있사옵니다요."

노인이 감탄을 했다.

"허허, 거 아무래도 자네집 머슴은 보통 머슴이 아니로구먼 그래. 아, 다른 머슴들은 일 년 농사가 끝나기 무섭게 새경을 올려달라, 옷을 몇 벌 더 해달라, 조르기가 십상인데 말씀이야. 자네집 머슴은 더 달라고 조르기는커녕 나라에서 상으로 내린 옷감까지 온 동네에 모두 나누어 주고 있으니 말씀이야. 세상에 그런 머슴이 또 어디 있겠는가?"

사시가 웃으며 말했다.

"그, 그야 그렇습지요. 백 번 천 번 눈을 씻고 봐도 그런 사람은 구경하기도 힘들 것이구먼요."

노인이 고개를 끄덕이며 말했다.
"내 그래서 그런 생각을 다 해보았다니까, 글쎄……."
사시가 물었다.
"무슨…… 생각을요?"
"거 아무래도 천지신명께서 우리 신라 땅 일선군 냉천 마을 사람들을 도와주시려고 자네집에 그 아서방이라는 머슴을 보내주신 게 아닌가 하고 말씀이야."
사시가 반가운 얼굴로 말했다.
"아이구 그럼, 어르신께서도 그런 생각을 다 하셨습니까?"
"그렇대도 그래?"
사시가 조심스럽게 말했다.
"저 어르신께서 그렇게 말씀하셨으니 말씀인데요, 앞으로는 제발 머슴, 머슴, 그러시지 마십시오."
노인이 의아스럽게 물었다.
"머슴, 머슴 하지 말라니? 옳아, 기왕이면 다홍 치마라고 아서방이라 부르라 그런 말이구먼?"
사시가 나직한 목소리로 말했다.
"이건 저 어르신께서만 알고 계셔야 하는 일인데요."
노인이 궁금하다는 듯 물었다.
"무슨…… 일인데?"

사시가 속삭이듯이 말했다.

"사실은 그 아서방이라는 그 분은요, 중국 절간에서 공부를 많이 하고 오신 스님이시랍니다요."

노인의 눈이 휘둥그레졌다.

"무엇이? 스, 스님이라니?"

"아, 그 왜 있지 않습니까요, 부처님 제자라는 스님말씀예요."

노인이 더듬거리며 말했다.

"아니 그, 그러면, 그 불도를 전파하러 왔다가 붙잡혀 죽은 그런 스님이란 말인가?"

"예, 바로 그렇습니다요."

노인이 걱정스럽게 말했다.

"아니 저런! 아, 그러다가 또 신분이 탄로나면 무슨 변을 당할려고?"

사시가 침착하게 말했다.

"당장이야 무슨 변을 당하지는 않으실거라고 그러셨습니다. 대왕마마께 이실직고를 했다고 그러셨으니까요."

노인이 고개를 끄덕였다.

"…… 그래? 그, 그렇다면 몰라도……. 내 어쩐지 보통 머슴은 아니다 싶었지."

사시가 당부했다.

"당분간은 어르신께서만 알고 계시구요. 좋은 말씀 듣고 싶으시면 아무도 몰래 저희집으로 오세요."

노인이 고개를 끄덕였다.

"그, 그래. 그렇게 함세."

이렇게 해서 아도스님은 신라 땅 일선군 냉천 마을 모례의 집에서 조심스럽게 한 사람, 또 한 사람에게 부처님의 가르침을 전해주고 있었다.

어느날 저녁이었다.

그날도 동네 사람 몇몇이 모여서 아도스님의 말씀을 듣고 있었는데, 모례가 아도스님을 불렀다.

"저, 스님."

"예, 말씀하시지요."

"여기 모인 사람들이 모두 다 궁금하게 여기는 일이 한 가지 있다고 하옵니다."

"궁금하신 게 있으시면 말씀하도록 하십시오. 소승이 아는대로 소상하게 말씀올릴 것이옵니다."

모례가 주위를 둘러보며 말했다.

"예, 간밤에 스님께서는 우리가 사는 이 세상을 고해 바다라 이르셨사옵니다."

아도스님이 고개를 끄덕였다.

"예, 부처님께서 그렇게 말씀하셨다 그런 말씀이지요."
노인이 물었다.
"허, 헌데 말씀이야 스님, 스님이 이르신 말씀 가운데, 늙고 병들고 죽는 것이 고통이다. 그 말씀은 나도 알아듣겠는데 말씀이야. 태어나는 것도 고통이다 그 말씀은 이치에 맞지 아니하는 것 같아서 그러는데……."
노인의 말을 미소를 띠고 듣고있던 아도스님이 말했다.
"아, 예. 태어나는 것이야 즐거움이요, 기쁨일 것일진데, 어찌하여 태어나는 것마저 고통이라 했느냐 그 말씀이시지요?"
노인이 고개를 끄덕였다.
"바로 그렇소이다."
아도스님이 노인을 쳐다보았다.
"허면 소승이 한 가지 여쭙겠습니다."
"예, 그러시지요."
"아이가 어머니 뱃속에 있을 적에는 우는 일이 있던가요, 없던가요?"
노인이 더듬거리며 말했다.
"그, 그거야 뱃속에서 아이가 우는 소리를 들었다는 말은 들어보지 못했소이다마는……."
아도스님이 다시 물었다.

"허면 어머니 뱃속에 있는 아이가 겨울이면 추위를 느끼고, 여름에는 더위를 느끼겠습니까?"

모례가 얼른 대답했다.

"그, 그야 뱃속에 있으면 춥지도 아니하고 덥지도 아니할 것이옵니다요."

아도스님이 주위를 둘러본 후 말했다.

"그러면 뱃속에 있는 아이가 때 맞추어 밥을 먹고, 때 맞추어 먹지 아니하면 배고픈 줄 알겠습니까?"

이번에는 노인이 대답했다.

"아, 그거야 모르겠습지요."

"허나, 그 아이가 세상에 나오면 겨울에는 추워서 울고, 여름에는 더워서 울고, 이불이라도 잘못 덮어주면 숨막혀 울고, 끼니때 젖을 먹이지 아니하면 배고파서 울게 됩니다."

모례가 당연하다는 듯 대답했다.

"그, 그거야 그렇습지요, 스님."

"그 아이는 이 세상에 태어나기 전까지는 추운 줄도 모르고, 더운 줄도 모르고, 배고픈 줄도 모르고 지냈지만, 세상에 나오고 보니, 춥고, 덥고, 배고프고, 아프고, 괴로움이 닥쳐옵니다."

노인이 고개를 끄덕였다.

"허, 그것 참 듣고보니 그렇구먼 그래요."

"그래서 부처님께서는 늙고 병들고 죽는 것도 고통이지만, 이 세상에 태어나는 것 또한 고통이라 하신 것이지요."

듣던 사람들이 모두 감탄하였다.

"듣고보니 과연 옳은 말씀이십니다."

아도스님은 이렇듯 누구나 알아듣기 쉽게 부처님의 가르침을 전하고 있었으니 날이 갈수록 부처님의 가르침을 배우려고 모여드는 사람이 늘어났다.

그러던 어느날 밤이었다.

그날밤에도 아도스님은 부처님의 가르침을 배우고자 찾아온 마을 사람들을 앉혀놓고 부처님의 말씀을 전하고 있었다.

"…… 그래서 부처님께서는 이 세상 중생들에게 욕심을 버리라고 이르신 것이지요.

내 재물, 내 집, 내 땅, 내 벼슬, 해가면서 한없는 욕심을 채우느라고 남을 속이고, 남을 욕하고, 쌀 한 톨 남에게 주지 않은 채, 한세상 지독하게 살아본들 어느새 나이 들어 늙고 병들면 세상을 하직하게 되나니, 세상을 떠날 적에 마지막 입는 옷에는 주머니가 없는 법입니다.

재물도 집도 땅도 벼슬도 담아가지고 가지를 못하니, 이 세상 모든 중생은 빈손으로 왔다가 빈손으로 돌아가는 것이 만고불변의 법칙이라 하셨습니다.

어디 그뿐이겠습니까?

사람이 죽은 뒤에는 그 시신을 불에 태우면 재가 될 것이요, 그 시신을 땅에 묻으면 흙이 될 것인즉, 한 줌의 재, 한 줌의 흙이 될 줄 뻔히 알면서, 감히 어찌 악한 짓을 하며 감히 어찌 인색할 수 있겠소이까?

그래서 부처님께서는 착한 마음으로 세상을 바로 보고, 착한 생각, 착한 말, 착한 행동, 착한 노력으로 세상을 두루두루 착하게 만들라 당부하신 것이지요."

마을 사람들이 입을 모아 말했다.

"참으로 좋은 말씀, 고맙습니다 스님."

사시가 물었다.

"하온데 스님, 궁금한 게 한 가지 있사온데, 여쭈어 봐도 괜찮을런지요?"

"말씀하십시오."

"부처님 말씀대로 착하게 살면 그 착한 사람은 과연 복을 받게 되는 것인지요?"

"그야 물론 인과응보라고 이르셨으니 착하게 살면 좋은 복덕을 받으시게 될 것이옵니다."

이번에는 모례가 물었다.

"그, 그런데 말씀이옵니다요, 스님. 제가 전에도 잠깐 말씀을

올린 일이 있었사옵니다마는 착하디 착한 사람인데도 복이라고는 손톱만큼도 없이 고생만 하는 사람이 있으니, 그게 대체 어찌된 일이냐, 그런 말씀입니다요."

아도스님이 말했다.

"그건 그렇습지요. 여기 이 마을에 갓난 아이가 여럿 있는 걸 보셨을 것입니다. 그렇지요?"

"예."

"그 갓난 아이들은 분명히 사람은 사람이지만 아직 자라지 아니했기 때문에 사람다운 사람 구실을 아직은 할 수가 없을 것입니다. 갓난 아이가 사람다운 사람 구실을 제대로 하자면 잘 먹이고, 잘 키우고, 잘 가르쳐서 어른이 되게 해야 합니다. 그렇습지요?"

"예."

"착한 사람이 아직 고생하는 것도 그와 같습니다. 아직 갓난 아이라 사람 노릇을 제대로 못하듯이, 착한 사람이 그동안 심은 착한 일도 아직 크게 자라지 아니해서 착한 과보를 얻을 때가 되지 아니한 것이지요."

여기까지 말한 아도스님이 사람들을 둘러보다가 말을 이었다.

"또 비유하자면, 우리가 좋은 곡식 씨앗을 땅에 분명히 심어

싹이 텄지만, 그 싹을 지금 당장 잘라다가 밥을 지어 먹을 수 있겠는지요?"

사시가 대답했다.

"그, 그야 곡식 싹을 잘라다가 밥을 지을 수는 없는 일이지요, 스님."

아도스님이 주위를 둘러보며 물었다.

"좋은 씨앗을 땅에 심어 싹이 텄으면 그때에는 우리가 대체 어찌해야 옳겠습니까?"

모례가 대답했다.

"그야, 그 곡식이 무럭무럭 잘 자라도록 잘 보살피고 거름을 주어서 꽃이 피고 열매가 맺고 잘 여물도록 해야겠습지요."

아도스님이 고개를 끄덕이며 말했다.

"착한 일을 하는 것도 그와 같습니다. 기왕에 씨앗을 심었으면, 당장 그 과보를 얻으려고 조바심을 낼 것이 아니라, 그 착한 싹이 더욱 더 튼튼히 자라고, 꽃이 피고, 열매가 열려 제대로 잘 익도록 보살피고 복돋우며 기다려야 합니다. 그렇지 아니하고, 어찌 이리 수확이 더디느냐고 지금 당장 낫을 들고 덤벼들어 싹을 베어버리려 한다면 이는 참으로 어리석다 할 것입니다."

사시가 다시 물었다.

"하오면 스님, 세상에 악독한 짓, 나쁜 짓을 하면서도 호의호식하며 떵떵거리고 사는 자들은 어찌된 까닭이옵니까?"

"막 잡아올린 고기가 싱싱해 보이지마는 때가 지나 썩으면 악취가 진동하듯이 악한 짓을 하면 거기에는 반드시 악과가 따르는 법, 결코 재앙을 면치 못할 것이니 어떤 사람은 당대에 망하기도 하고, 또 어떤 사람은 3대에 망하기도 합니다. 빠르고 늦고 차이만 있을 뿐, 인과응보를 피할 길은 없는 것입니다."

모례가 고개를 끄덕이며 물었다.

"하오면 우리같은 중생들은 그저 부처님의 인과법만 믿고 살면 되는 것입지요?"

아도스님이 고개를 끄덕였다.

"그렇습니다. 부처님의 인과법을 믿으시고 착한 일을 많이 하시면 반드시 좋은 복덕을 누리실 것이요, 부처님의 인과법을 믿지 아니하고 악한 짓을 많이 하면 거기에는 반드시 무서운 재앙이 뒤따를 것입니다."

모여있던 사람들이 모두 고개를 숙이며 고마워 했다.

"좋은 말씀 들려주셔서 참으로 고맙습니다, 스님."

#  *15*
## 왕궁으로 붙잡혀간 아도스님

아도스님은 사흘이 멀다하고 모여드는 마을 사람들에게 부처님의 가르침을 전해주었다.

그런데 이 소문이 번지고 번져서 나중에는 신라 왕궁에까지 알려지게 되었다.

그러던 어느날 밤의 일이었다.

신라 순라꾼들이 모례의 집에 들이닥쳤다.

"이 집 주인은 냉큼 나오너라! 이 집 주인은 어서 썩 나오지 못하겠느냐?"

사시가 방문을 열고 나오며 놀라서 소리쳤다.

"아이구머니나, 이 밤중에 무슨 일이시옵니까?"

순라꾼이 호통을 쳤다.

"이 집 주인 모례는 썩 나오지 못하겠느냐?"

사시가 떨리는 목소리로 말했다.

"아이구 저 오라버님은 마을에 내려가시고 아니 계시옵니다만……."

순라꾼이 사시를 쳐다보며 물었다.

"그러면 너는 이 집 주인 모례의 누이란 말이더냐?"

사시가 조그맣게 대답했다.

"그, 그렇사옵니다."

순라꾼이 물었다.

"아직 이 집에 고구려 첩자가 숨어 있으렷다?"

사시가 더듬거리며 물었다.

"고…… 고구려 첩자라니요?"

"머슴 신분을 가장해서 이 집에 숨어있는 고구려 첩자 말이다."

사시가 떨며 말했다.

"그, 그분은 처, 첩자가 아니시옵니다요, 나으리."

순라꾼이 크게 소리쳤다.

"듣기 싫다! 고구려 첩자는 잘 들어라! 우리 신라 군사들이 이 집을 겹겹이 둘러싸고 있으니 감히 도망칠 생각은 하지도 말고 어서 썩 앞으로 나와서 오랏줄을 받아라!"

사시가 순라꾼을 막아서며 말했다.

"아, 아이구 아니되십니다요, 나으리."
순라꾼이 사시를 밀치며 말했다.
"저리 비키지 못할까!"
"아이구머니나."
아닌 밤중에 이런 소동이 벌어졌으니, 뒷방에서 참선수행을 하고 있던 아도스님은 별 수 없이 마당으로 나오게 되었다.
"대체 무슨 일로 이러시는지요?"
아도스님을 본 순라꾼이 큰 소리로 말했다.
"여러 소리 할 것 없다. 두 손 내밀어 오랏줄부터 받도록 하라!"
아도스님이 놀라며 물었다.
"오랏줄이라니요?"
마당에 넘어져있던 사시가 벌떡 일어서서는 아도스님 곁으로 달려왔다.
"아이고 스님, 아니되십니다요."
사시가 아도스님에게로 오자 순라꾼이 사시를 밀쳐내는 것이었다.
"저리 비키지 못하겠느냐? 에잇!"
사시가 다시 마당에 나뒹굴었다.
아도스님이 혀를 끌끌 찼다.

"허허, 이거 허약한 아녀자에게 어찌 이리 심하게 대한단 말이시오?"

순라꾼이 아도스님을 험악하게 노려보며 말했다.

"너 이놈, 네가 바로 고구려 첩자 아도가 분명하렷다?"

아도스님이 대답했다.

"고구려 사람 아도는 분명하오만 첩자는 아니올시다."

순라꾼이 소리쳤다.

"잔소리 말고 오랏줄을 받아라!"

아도스님이 손을 내밀며 말했다.

"마음대로 묶으시오, 자—."

사시가 다시 벌떡 일어서며 울먹였다.

"아이구 스님, 잡혀가시면 아니되시옵니다요."

순라꾼이 다시 사시를 막아섰다.

"저리 비키래도 그러느냐?"

"아이구머니나, 스님!"

아도스님이 순라꾼에게 말했다.

"이것 보시오, 나으리! 나는 하자는 대로 할 것이오, 가자는 대로 갈것이니 아녀자는 제발 놓아두시오."

순라꾼이 다시 소리쳤다.

"듣기 싫다. 자, 그만 가자. 어서……."

사시가 울며 매달렸다.
"스님, 스님, 스니임, 잡혀가시면 죽습니다요. 스님, 스니임."
아도스님은 오랏줄에 꽁꽁 묶인 채로 끌려가는 신세가 되고 말았다.
아도스님은 이때 이루 말할 수 없는 고초를 겪은 끝에 결국은 신라 왕궁으로 압송되었다.
왕이 아도스님에게 물었다.
"너 이놈, 너는 고구려 첩자임이 분명하렷다?"
아도스님이 간절하게 말했다.
"아니옵니다, 대왕마마. 소승이 지난날 소상히 말씀드린 바와 같이 고구려 태생의 승려임은 분명하오나 결코 고구려 첩자는 아닌 줄로 아뢰옵니다."
왕이 진노하여 말했다.
"내 이미 그때, 삿된 교를 퍼뜨리면 살아남지 못할 것이라고 경고했거늘 감히 어찌 국법을 어기고 삿된 교를 퍼뜨려 혹세무민하고 민심을 소란케 했는고?"
아도스님이 고개를 숙이며 말했다.
"아니옵니다, 대왕마마! 소승 결코 혹세무민하고 민심을 소란케 한 일이 추호도 없사옵니다."
왕이 아도스님을 노려보며 말했다.

"원 저런 발칙한 놈을 보았는가! 여기가 감히 어느 앞이라고 거짓을 말하는고?"

아도스님이 말했다.

"대왕마마, 소승은 결코 거짓 말씀을 올리는 것이 아니오니 통촉하옵소서!"

"너 이놈! 우리 신라는 천지신명의 보살핌을 얻어 국태민안을 도모해 왔거늘, 너는 감히 신라 땅에 몰래 들어와서 부처를 운운하고 인과응보를 운운하며, 백성을 속이고 민심을 교란케 했으니, 그 무거운 죄는 열 번 죽어도 마땅할 것이니라!"

아도스님은 바닥에 머리를 조아리며 애타게 말했다.

"대왕마마, 소승이 부처님을 말하고 인과응보를 말한 것은 어김없는 사실이오나, 그것은 결코 신라의 국법을 어기는 일이 아니온 줄로 아옵니다. 통촉하옵소서!"

왕이 노발대발하여 소리쳤다.

"저, 저런 발칙한 놈을 보았는가! 제 입으로 부처를 운운하고 인과응보를 운운했다고 하면서도 국법을 어긴 일이 아니라고 우기다니, 감히 어찌 천지신명을 속이고 신라 왕인 나를 농하려 드는고?"

아도스님이 말했다.

"대왕마마, 통촉하옵소서! 소승은 참으로 신라의 국운융창과 신라 백성들의 태평을 빌었을지언정 결코 혹세무민하여 신라를 해치는 짓은 추호도 한 일이 없었사옵니다."
 왕은 진노하여 얼굴이 새빨개져서 말했다.
 "허허, 그래도 저 놈이 감히 어느 앞에서 함부로 언사를 농하는고? 천지신명의 전지전능을 부정하고 부처를 운운한 죄만 해도 백 번 죽어 마땅한 일이거늘 오늘 이 자리에 죄인의 몸으로 붙잡혀와서도 또 다시 천지신명의 눈을 속이고 나를 능멸하려 들다니 괘씸하기 짝이 없구나! 여봐라—."
 신하들이 대답하자 왕이 명령했다.
 "저 자는 승려를 가장한 고구려 첩자임이 분명하니, 때를 보아 참수를 해야 마땅할 것이다. 엄히 문초하고 옥에 가두어라!"
 "예."

 아도스님이 신라 군사들에게 붙잡혀 간 뒤 집주인 모례와 그 누이동생 사시는 참으로 걱정이 태산같았다.
 모례가 그의 누이동생 사시에게 말했다.
 "이것 보아라, 스님께서 오랏줄에 묶여 잡혀가셨으니 살아서 돌아오시기는 어려울 것이요, 자칫하면 그 화가 우리에게도 미칠 것만 같구나."

사시가 고개를 저으며 말했다.

"아니옵니다, 오라버님. 스님은 결코 그렇게 호락호락 죽임을 당할 분이 아니시옵니다."

모례가 힘없이 말했다.

"그전에 왔던 정방스님도 그렇게 죽임을 당했고, 그 후에 오신 멸구자스님도 또한 죽임을 당했거늘 아도스님인들 별 수가 있으시겠느냐?"

그래도 사시가 완강하게 고개를 저었다.

"그럴 리가 없습니다, 오라버님. 아도스님께서 국법을 어긴 일이 없으시거늘 어찌 감히 사람을 함부로 죽일 수가 있겠습니까?"

모례가 고개를 끄덕이며 걱정스럽게 말했다.

"무사히 돌아만 오신다면 얼마나 좋겠느냐? 허나 만일의 경우를 생각해서 우린 잠시 피신을 하는 게 좋을 것 같구나."

그러나 사시는 고개를 흔들었다.

"싫습니다, 오라버님. 정 그렇게 걱정이 되어 피신을 하시려거든 오라버님 혼자 피신토록 하십시오. 관세음보살…… 관세음보살…… 관세음보살……"

모례가 혼잣말처럼 말했다.

"…… 관세음보살님을 부른다고 한들 저 많은 신라 군사들을 어찌 당하겠느냐?"
 사시가 모례를 똑바로 쳐다보며 말했다.
 "아니옵니다. 스님께서 이르시기를 위급한 일을 당했을 적에 관세음보살님을 일심으로 념하면 반드시 영험이 있다고 하셨습니다. …… 관세음보살……관세음보살…… 관세음보살…… 관세음보살……."

 한편 신라군사에게 붙잡힌 몸이 된 아도스님은 두 번 세 번 문초를 당한 뒤에 옥에 갇혔다.
 그런데 휘영청 밝은 달빛을 바라보고 있던 아도스님의 귀에 어디선가 무당의 푸닥거리하는 소리가 들려왔다.
 궁금하게 여긴 아도스님이 옥졸에게 물었다.
 "이, 이것 보시오, 옥졸 나으리."
 옥졸이 가까이 와서 물었다.
 "왜? 무슨 일로 나를 부르는 게야?"
 아도스님은 소리나는 쪽을 가리키며 물었다.
 "저 소리는 대체 무슨 소리입니까요?"
 옥졸이 얼굴을 찌푸리며 물었다.
 "저 소리라니?"
 가만히 들어보던 옥졸이 말했다.

"어, 저 소리? 저 소리는 우리 공주님의 병을 고치려고 무녀를 불러다가 푸닥거리를 하는 소리다. 왜?"

아도스님은 기가 막히다는 표정이었다.

"아니 그럼 공주님이 병에 들었는데 그 병을 고치려고 저렇게 푸닥거리를 한단 말입니까?"

옥졸이 고개를 끄덕이며 말했다.

"석 달째 지렇게 굿을 하는데도 효험이 없으니 그래서 우리 대왕마마의 심기가 불편하신 게야."

곰곰 생각하던 아도스님이 조용히 옥졸을 불렀다.

"이것 보시오, 옥졸 나으리."

옥졸이 인상을 찌푸렸다.

"거 왜 귀찮게 자꾸 불러대고 그래? 왜? 왜 또 불러?"

아도스님이 미안하다는 표정으로 말했다.

"공주님이 어디가 어떻게 아프시기에 저렇게 석 달째 굿만 한단 말씀이십니까?"

옥졸이 침을 퉤 뱉으며 말했다.

"참수당할 죄인 주제에 별 걸 다 알고 싶어 하네. 난 한숨 눈을 붙여야겠으니까 더 이상 부르지 말어!"

옥졸은 다시 자기 자리로 돌아가는 것이었다.

아도스님이 다시 옥졸을 불렀다.

"이것 보시오, 옥졸 나으리."
옥졸이 귀찮다는 듯 다시 가까이 와서 퉁명스럽게 말했다.
"허허, 부르지 말래도 그래? 대체 왜 또 불러? 엉?"
아도스님이 웃으며 부드럽게 말했다.
"혹시 또 누가 알겠습니까요? 내가 공주님의 병을 고치는 비법을 알고 있을지 말입니다."
옥졸의 눈이 휘둥그레졌다.
"무엇이라구? 아니, 내일 모레 참수당할 죄인인 네가 우리 공주님의 병을 고친다고? 나 원 참, 별 꼴같잖은 소리를 다 들어보겠네!"
아도스님이 간절하게 말했다.
"그래도 그러는 게 아닙니다요."
옥졸이 버럭 소리를 질렀다.
"아니긴 뭐가 아니라는 게야?"
"옛부터 병은 자랑을 해야 고친다고 그랬습지요."
아도스님의 말에 옥졸이 기가 막히다는 듯 말을 늘어놓았다.
"뭐야? 나 원 참, 사람 웃기고 있네. 이것 봐! 용하다는 의원은 삼백 명도 더 불러가지고, 약을 지어 먹인다, 침을 놓는다, 뜸을 뜬다, 해보지 않은 것이 없다고……. 그래도 말짱 차도가 없어서 마지막으로 저렇게 푸닥거리를 하고 있는 중이란 말이

야! 알기나 해?"
　그래도 물러서지 않고 아도스님이 끈질기게 물었다.
　"대체 어디가 어떻게 아프신지 그거나 한 번 말해 보시지요."
　아도스님의 얼굴을 빤히 쳐다보던 옥졸이 입을 열었다.
　"그 뭐라더라……. 아이쿠, 이 놈이 이거 정말 사람 잡을 놈일세!"
　말을 하려던 옥졸이 갑자기 입을 다물었다.
　"아니, 왜 그러십니까요?"
　"공주님의 병을 발설하는 자는 목을 자른다고 그랬는데 이놈이 이거 생사람 죽일려고 이러네?"
　아도스님이 자신만만하게 말했다.
　"하지만 저런 푸닥거리를 석 달 아니라 삼 년을 해도 공주님의 병은 고치지 못할 것입니다."
　옥졸이 악을 썼다.
　"아니, 이놈이 이거 죽을려고 환장을 했나? 야, 이놈아! 그렇지 아니해도 대왕마마께서는 속이 타서 노심초사 하신다는데, 이놈이 정말 명을 재촉하고 있어!"
　아도스님이 눈썹 하나 까딱하지 않고 혼잣말처럼 말했다.
　"…… 무슨 병인줄만 알면 살리는 수도 있을 법 하건마는……. 말하기 싫으면 그만 두시오."

"아니 이놈아, 너 방금 '뭐라고 그랬지? 무슨 병인줄만 알면 살리는 수도 있다고?"

아도스님이 고개를 끄덕이며 말했다.

"옥졸 나으리가 왕궁에 알린 덕으로 공주님의 병을 고치게 되면 아마도 큰 상을 받게 되겠습지요?"

옥졸이 믿기지 않는 듯 다시 물었다.

"아니 그럼, 저, 정말로 공주님의 벼, 병을 고칠 줄 안단 말이냐?"

아도스님이 말했다.

"하늘을 봐야 별을 따고, 우물을 파야 물을 긷는 법, 무슨 병인지를 알아야 고칠 수도 있는 것 아니겠습니까요?"

옥졸이 고개를 갸우뚱거리며 무엇인가를 생각하는 것이었다.

"가, 가, 가만, 이, 이건 참으로 발설해서는 아니되는 것인데, 고, 공주님의 병은 말이야…… 귀상에 쫓기고, 귀성에 쫓기는 그런 병이라고 하네."

아도스님이 되뇌었다.

"귀상에 쫓기고 귀성에……"

옥졸이 손가락을 입에 대고 주위를 둘러보았다.

"쉿! 아, 귀신 얼굴, 귀신 소리에 쫓긴단 말이야."

갑자기 아도스님이 웃음을 터뜨렸다.

"허허허허, 그러니까 허깨비 상에 놀라고 허깨비 소리에 놀라는 병이라……허허허허…… 허허허허……."

아도스님이 느닷없이 자꾸만 웃자, 옥졸이 이상한 표정을 하고 아도스님을 쳐다보았다.

신라의 공주가 귀상에 쫓기고 귀성에 쫓기는 병에 걸려있다니 이는 곧 허깨비에 놀라고 허깨비 소리에 놀란다는 것이라, 아도스님은 하도 어이가 없어서 웃었던 것이다.

아도스님이 옥졸에게 말했다.

"아니 그래 공주님의 그 병을 저 푸닥거리로 고치겠다고 석 달씩이나 저러고 있단 말이시오?"

옥졸이 어리둥절한 표정으로 대답했다.

"그렇다니까……."

아도스님이 옥졸을 불렀다.

"이것 보시오!"

"왜?"

"저 푸닥거리를 당장에 그치라고 그러시오."

옥졸이 눈을 커다랗게 뜨고 말했다.

"아니, 이 사람이 이거!"

아도스님이 옥졸의 말에는 아랑곳하지 않고 계속 말했다.

"그리고 어서 가서 왕궁에 전하시오. 옥에 갇힌 이 죄인이 공주님의 병을 반드시 고쳐드린다고 말이오!"
 아도스님이 자신있게 말하자 옥졸이 더듬거리며 되물었다.
 "그, 그럼, 저, 정말로 다, 당신이 고, 공주님의 병을……."
 아도스님이 고개를 끄덕이며 말했다.
 "귀신은 경문에 약하고, 사람은 인정에 약하다고 그랬소이다. 내가 경을 읽어 반드시 공주의 병을 고쳐드릴 것이오."
 옥졸이 더듬거리며 말했다.
 "거, 거, 거짓말하면 차, 차, 참으로 능지처참을 면치 못할 것이야!"
 아도스님이 재촉했다.
 "어서 가서 전하기나 하시오. 옥졸 나으리가 알려준 덕분에 공주님이 병을 고치시면 그땐 나으리에게도 후한 상이 내려질 것이오."
 옥졸이 급히 말했다.
 "아, 아, 알았어. 내가 얼른 가서 전하고 올 것이니 꼼짝말고 있으라구."
 다음날 아침, 아도스님은 신라 임금 앞에 불려 나가게 되었는데, 오랏줄로 묶인 그대로였다.
 아도스님은 두 눈을 지그시 감은채 하명을 기다렸다.
 왕이 물었다.

"이것 보아라, 고구려 첩자는 듣고 있느냐?"

아도스님이 두 눈을 감은 채 대답했다.

"예, 소승 듣고 있사옵니다 대왕마마."

"간밤에 네가 옥졸에게 이르기를 우리 공주의 병을 고치겠다고 장담을 했다는데 그 말이 과연 사실이더냐?"

아도스님은 그제서야 두 눈을 뜨고 고개를 끄덕였다.

"예, 소승이 옥중에 갇혔을 때 푸닥거리하는 소리를 들었사온데 그 소리를 듣고 궁내에 우환이 있음을 짐작하게 되었사옵니다."

왕이 다시 물었다.

"허면 과연 네가 우리 공주의 병을 고칠 수 있단 말이더냐?"

아도스님이 공손하게 대답했다.

"소승의 짐작이 틀리지 아니하다면 고쳐드릴 수 있을 것이옵니다."

왕이 미심쩍은 듯 다시 물었다.

"무슨 병인지 알지도 못하면서 감히 어찌 고칠 수 있다고 장담부터 하는고?"

아도스님이 대답했다.

"예, 소승이 짐작키로 오장육부의 병환이라면 약이나 침이나 뜸으로 마땅히 치유되셨을 일이온데, 그렇지 아니하시고 푸닥거리를 하시는 것으로 보아 이는 필시 마음의 병환인 줄로 아옵니다."

왕이 자세를 바로 하며 물었다.

"무엇이? 마음의 병이라고?"

"그렇사옵니다. 본시 사람의 마음이라고 하는 것은 잠시잠깐도 그대로 있지를 아니하고 자유자재로 변하는지라 답답한 일이나 억울한 일, 놀라운 일을 겪게되면 그 충격이 곧 병으로 되어, 보이지 아니하는 것을 보게 되고, 들리지 아니하는 것을 듣게 되는지라 이를 일러 마음의 병이라고 하는 것이옵니다."

왕이 짐짓 놀라면서도 태연하게 말했다.

"허허, 그것 참 괴이한 일이로다! 너는 아직 공주의 병에 관해 듣지도 보지도 아니했거늘 어찌 그리 짐작으로 진맥을 한단 말이던고?"

아도스님이 짐짓 시치미를 떼며 말했다.

"아뢰옵기 황송하오나 소승이 닦아온 불교란 본시 사람의 마음을 관하고, 사람의 마음을 닦으며, 사람의 마음을 밝히는······."

아도스님이 여기까지 말하자, 왕이 소리쳤다.

"듣기 싫다! 나는 지금 공주의 병이 급하거니와 불도에는 관심이 없으니 어서 일러라! 너는 과연 무슨 약을 어떻게 써서

우리 공주의 병을 고칠 것이던고?"

아도스님이 고개를 숙이며 대답했다.

"예, 소승이 잡혀올 적에 신라 군사들이 빼앗아간 경책과 목탁을 돌려주시고, 지난번에 보여주신 중국 향을 한 묶음만 가져다 주시오면 다른 약은 아무것도 쓰지 아니할 것이옵니다."

왕이 고개를 갸웃거리며 물었다.

"아니, 그러면 침도 약도 쓰지 아니하고 우리 공주의 병을 고치겠다는 말이더냐?"

아도스님이 고개를 끄덕이며 자신있는 목소리로 말했다.

"예, 소승에게 사흘동안만 말미를 주시오면 공주님의 처소에 향을 피워 올리고, 그 문밖에서 소승이 독경을 올려 반드시 공주님의 병환을 물리치겠나이다."

왕이 반신반의하면서 엄히 말했다.

"만일 사흘이 지나도 별 차도가 보이지 아니하면 그땐 능지처참을 면치 못할 것이다."

"하오시면 대왕마마……"

아도스님이 무슨 말인가를 하려고 했으나 왕은 듣지않고 계속해서 말했다.

"만일 네가 사흘동안에 우리 공주의 병을 낫게만 해준다면 그땐 네 목숨을 살려줄 것이다."

"성은이 망극하옵니다."
왕이 다시 다짐했다.
"허나 다시 한 번 일러두거니와 만일 사흘이 지나도록 우리 공주의 병이 차도가 없으면 너는 그날로 처형을 면치 못할 것이니라!"
아도스님이 고개를 끄덕이며 말했다.
"예, 대왕마마! 소승이 반드시 부처님의 가피력으로 공주님의 병환을 물리칠 것이오나, 만일 여의치 못하면 감히 어찌 살기를 바라겠사옵니까? 다만, 한 가지 소원이 있사오니……."
그러나 왕이 아도스님의 말을 막았다.
"듣기 싫다! 소원을 말하는 것은 우리 공주의 병을 고치고 난 뒤에 말해도 늦지 않을 것이다! 여봐라!"
"예에."
"행여라도 저 자가 허튼 짓을 못하도록 군사를 붙여 저 자의 일거수 일투족을 낱낱이 감시해야 할 것이다!"
"예에, 분부대로 거행하겠사옵니다, 대왕마마."
"그럼 어서 저 자를 데려가거라."

# 16
## 왕궁의 독경 소리

 아도스님은 신라 군사들의 철통같은 감시아래 공주의 처소로 안내되었다.
 아도스님은 우선 먼저 공주의 방안에 향을 피워 들여보내고 나서 공주의 방문 앞에 공손히 꿇어앉아 부처님께 삼배를 올리고 독경을 시작하였다.
 아도스님이 지극정성으로 목탁을 두드려가며 독경을 하니, 신라 왕궁에 뜻하지 아니한 최초의 독경 소리가 울려 퍼지게 되었다.
 이미 죽기를 각오했던 아도스님은 식음을 전폐한 채 일구월심, 지극정성을 다 기울여 오직 독경삼매에 빠졌다.
 아도스님의 독경 소리를 들은 왕이 궁금하여 신하에게 물었다.

"이것 보아라!"
"예, 대왕마마."
"바로 저 소리가 그 소리란 말이더냐?"
"예, 대왕마마."
"막대기로 무엇을 두드리면서 내는 소리던고?"
"예, 그 자가 목탁이라고 하는 것을 두드리며 내는 소리이옵니다."
"향불은 대체 어디다 피웠던고?"
"예, 공주마마의 처소 안에다 피워놓은줄 아옵니다."
왕이 걱정스럽게 물었다.
"시녀들은 충분히 대령시켰다고 하더냐?"
"예, 십여 명의 시녀가 공주마마를 모시고 있는 줄로 아옵니다."
왕이 조금은 안심이 되는 듯 다시 물었다.
"대체 저 소리를 듣고 공주는 과연 어찌한다 하던고?"
"아뢰옵기 황공하오나 아무런 차도가 없다고 하옵니다."
왕이 고개를 흔들며 물었다.
"나는 차도가 있느냐고 묻지 아니했느니라. 이미 오래된 병이거늘 이제 겨우 한나절도 되지 아니해서 어찌 차도가 있기를 바라겠느냐?"

"하오나, 대왕마마."

"말해 보아라."

"공주마마께옵서는 저 목탁 두드리는 소리와 주문 외우는 소리를 들으시고는 한동안 덩실덩실 춤을 추시었다 하옵니다."

왕이 놀라서 물었다.

"고, 공주가 춤을 추었다고?"

"예, 하옵고 공주마마께옵서는……."

"그래, 공주가 또 어찌했다는 말인고?"

"향불 냄새를 맡으시고는 백화가 만발했다 하시며 또 덩실덩실 춤을 추시고 소리내어 웃으셨다 하옵니다."

왕이 신음소리를 내었다.

"오! 천지신명이시여, 제발 우리 공주를 제 정신으로 돌려 주시옵소서."

하루가 지나고 이틀이 지나도록 아도스님은 먹지도 않고 잠도 안자고 오직 독경에만 매달리며 지극정성을 다 기울였다.

그러나 공주의 병은 별 차도가 없이 마지막 하루가 남게 되었다.

아도스님은 잠시 독경을 멈추고 부처님께 간절히 기도를 올렸다.

"부처님이시여, 부처님이시여, 삼계의 도사이시고, 사생의 자

"부이신 부처님이시여! 이곳 신라 땅에는 아직 부처님의 가르침이 발을 붙이지 못하였사옵니다. 부디 공주가 제 정신을 찾게 하시어서 이 땅에도 부처님의 자비광명이 비추게 하옵소서. 나무석가모니불, 나무석가모니불, 나무시아본사 석가모니불......"

아도스님은 다시 또 혼신의 힘을 다 기울여서 마지막 독경에 매달리기 시작했다.

그러나, 마지막 사흘동안의 정성어린 독경이 끝났건만 공주의 병세는 조금도 차도가 보이지 아니한 채 방안에서는 여전히 중심을 잃어버린 공주의 웃음소리만 들려오는 것이었다.

공주의 웃음소리를 들은 왕이 소리쳤다.

"오, 무엇을 하고 있느냐? 저 소리가 들리지 아니하도록 어서 문을 닫지 못하겠느냐?"

"예에."

신하가 문을 닫자 왕이 말했다.

"여봐라!"

"예."

"향불도 독경도 허사였구나. 당장 그 자를 다시 잡아다 옥에 가두어라!"

"예."

그래도 아도스님에게 한 가닥 기대를 가졌던 왕은 무섭게 화를 내며 말했다.

"천지신명을 속이고 나를 능멸하다니, 내일 아침 날이 밝으면 당장 그 자를 처형할 것이니라."

일이 이렇게 되었으니 이제 하룻밤만 새고나면 아도스님은 안타깝게도 꼼짝없이 처형당할 지경에 이르고 말았다.

스님은 옥안에 갇힌 채 기둥살을 부여잡고 멀리 고구려의 하늘을 향해 작별의 인사를 드리는 것이었다.

"어머님, 아직도 평양성 밖의 그 초가집에 계시옵니까, 아니면 이미 세상을 떠나셨사옵니까?

불효막심한 소승, 신라 땅에 부처님의 말씀을 제대로 심어놓지도 못한 채 육신을 버리고 떠나게 되었으니, 이 세상 고해 중생을 기어이 다 건지겠다 세운 원을 이루지 못함이 부끄러울 뿐이옵니다.

허나 소승, 윤회를 몇 번이고 몇 번이고 되풀이 하더라도 반드시 이 땅에 다시 와서 기어이 부처님의 말씀을 심어놓을 것을 기약하오니 이 서원이 부디 지켜지도록 도와주십시오.

나무관세음보살⋯⋯ 나무관세음보살⋯⋯ 나무관세음보살⋯⋯."

어느덧 마지막 새벽이 밝아오고 있었으니 아도스님은 이미 죽을 각오를 하고 있었다.

멀리서 닭우는 소리가 들려왔다.

이윽고 옥졸이 다가오더니 옥문을 여는 것이었다.

"이것봐, 공연히 고치지도 못할 병을 가지고……. 나까지 실없는 놈이 되고 말았지 않았느냔 말이야."

아도스님이 조용하게 말했다.

"미안하게 되었소이다."

옥졸이 아도스님을 측은하게 쳐다보며 말했다.

"이것봐, 오늘 죽게 되더라도 내 잘못은 아니니 날 원망하진 말어."

아도스님이 옥졸을 쳐다보며 말했다.

"옥졸 나으리를 원망하다니요? 나으리 덕분에 사나흘 더 산 셈이니 그것만 해도 고맙소이다."

옥졸이 아도스님을 물끄러미 쳐다보며 말했다.

"헌데 임잔 참 괴상한 사람이구먼?"

"괴상하다니요?"

"임잔 죽는 게 무섭지도 않단 말인가? 얼굴도 말소리도 태평천하이니 말이야."

아도스님이 의연하게 대답했다.

"이 세상 인연이 다 했으면 떠나는 거야 정해진 이치이거늘

무엇이 안타깝고 무엇이 두렵겠소이까?"

옥졸이 다시 당부했다.

"정말이지 날 원망하진 말라구. 나야 뭐 참수대에 데려다가 붙들어 매어놓으라는 어명을 따를 뿐이니까……."

아도스님이 고개를 끄덕이며 말했다.

"알고 있소이다. 나으리를 조금도 원망하지 않을 것이니 그 점은 조금도 염려하지 마시고, 자, 어서 나를 끌고 가기나 하시오. 참수대로 가는 길은 이쪽입니까, 저쪽입니까?"

아도스님이 벌떡 일어서서 앞장을 서자 옥졸은 기가 막히다는 표정이었다.

"아, 이쪽이야."

아도스님은 마치 이웃집에라도 가는 사람처럼 단 한 치도 머뭇거림이 없이 옥졸이 이끄는대로 성큼성큼 걸어가는 것이었다.

바로 그때 신하의 목소리가 들렸다.

"어명이시다, 옥졸은 듣거라!"

"예."

"대왕마마께서 그 죄인을 친히 문초하신 뒤에 처형토록 하라시는 어명이 계셨으니 그리들 알라!"

"예."

신라의 임금은 실로 노기가 등등했다.
"여봐라!"
"예, 대왕마마."
"그 자를 어김없이 형틀에 묶어놓았느냐?"
"예."
"내 이제 그 자를 문초하고 분을 푼 뒤에 처형할 것이니라."
"예."
"자, 그럼 어서 앞장서거라."
"예."
신라의 임금이 신하를 앞세우고 막 밖으로 나서려는 순간이었다.
느닷없이 문이 열리면서 뛰어드는 사람이 있었으니 바로 공주였다.
"아바마마!"
깜짝 놀란 왕이 소리쳤다.
"아니 공주, 공주가 어, 어떻게 여기까지 나왔단 말인고?"
공주가 말했다.
"간밤에 푹 자고 났더니만 머리가 아주 개운해졌사옵니다, 아바마마."
왕은 놀라움과 기쁨으로 어쩔 줄을 몰랐다.

"아, 아니 공주, 이, 이게 대체 어찌된 일이란 말이냐?"

공주가 급히 말했다.

"듣자오니 아바마마, 고구려 승려를 처형하려 하신다 하던데 그것이 정녕 사실이옵니까?"

왕은 그저 놀라서 공주만을 쳐다보는 것이었다.

"아, 아니, 이, 이것이 정녕 어떻게 된 노릇이란 말이던고?"

신하들도 두 눈을 커다랗게 뜨고 공주를 쳐다보았다.

"고, 공주마마!"

공주가 말했다.

"듣자오니 나의 병을 고쳐준 분이 바로 고구려 승려라 하던데, 그것이 사실이온지요, 아바마마."

왕이 다시 공주를 자세히 쳐다보며 말했다.

"오, 공주! 이게 정녕 꿈이란 말이냐, 생시란 말이더냐?"

"생시이옵니다, 아바마마."

"오, 공주! 이것이 정녕 생시더란 말이냐?"

신하들도 기쁨에 들뜬 목소리로 말했다.

"그렇사옵니다, 대왕마마. 이것은 분명 생시인 줄로 아뢰옵니다."

왕이 명령했다.

"여봐라."

"예."

"어서 가서 그 고구려 승려의 결박을 풀어서 안으로 모시도록 하라!"

"예."

참으로 신묘한 일이 일어났으니, 헛것을 보고 헛소리를 듣던 공주의 병은 씻은듯이 사라지고 공주는 초롱초롱한 눈을 반짝이며 신라 임금의 품에 안기었으니 신라임금은 기뻐서 어찌할 줄을 모르며 아도스님을 극진하게 대접하였다.

"그동안 참으로 결례가 지나쳤으니 허물을 용서하시오."

아도스님이 고개를 숙이며 말했다.

"아, 아니옵니다, 대왕마마. 소승 이렇게 목숨을 부지한 것만 하여도 대왕마마의 은덕인 줄로 아옵니다."

왕이 손을 내저었다.

"아, 아니오. 죽은 것이나 진배없었던 우리 공주를 살려주었으니 참으로 이 은공을 어찌 다 갚아야 할지……."

아도스님이 왕에게 물었다.

"하오면 대왕마마께옵서는 소승의 목숨을 살려주시는 것이온지요?"

"이것 보시오, 대사! 공주의 목숨을 구해주셨거늘 내 어찌 은혜를 원수로야 갚을 수 있겠소이까? 소원이 한 가지 있다 하셨

거니와 어서 말씀하시오! 어떤 소원이든 내 기꺼이 들어줄 것이오."

"성은이 망극하옵니다."

"어서 말하시오. 소원은 대체 무엇이오?"

아도스님이 조심스럽게 말했다.

"소승, 바라는 것은 아무것도 없사옵니다. 다만……."

"그래, 다만 무엇이시오?"

"소승, 천경림 숲속에 절을 짓고 불교를 일으켜 나라의 평안과 백성들의 복을 빌고자 하옵니다."

왕은 이미 결심이 섰다는 듯 고개를 끄덕였다.

"내 이미 무슨 소원이든 다 들어준다고 약조를 했으니, 대사의 뜻대로 하도록 하시오."

아도스님의 얼굴이 환해졌다.

"성은이 망극하옵니다."

신라의 왕은 공주의 병이 낫게 되자 크게 기뻐하여 아도스님이 신라 땅에 절을 지을 수 있도록 허락을 내렸다.

그러나 당시 신라 조정의 신하들은 불교가 어떤 교인지 잘 모르고 있던 터라 크게 반발하고 나섰다.

"대왕마마께 아뢰옵나이다."

"그래, 무슨 일이던고?"

"아뢰옵기 황공하오나 조정의 공기가 심상치 아니한 줄로 아뢰옵니다."

왕이 의아해서 물었다.

"무엇이? 조정의 공기가 심상치 아니하다니 대체 그것이 무슨 소리더냐?"

신하가 머리를 조아리며 말했다.

"천경림의 나무를 베어내고 그 자리에 불교 사찰을 짓게 윤허하신 것은 장차 이 나라에 큰 화를 불러올 것이니 대왕마마께서 거두어 주심이 옳은줄로 아옵니다."

왕이 큰 소리로 말했다.

"말도 아니되는 소리! 그동안 우리 공주가 병이 들어 수백 명의 의원을 부르고 수백 명의 무당을 불러 천지신명께 온갖 치성을 다 드렸어도 백약이 무효였거늘, 저 불교 승려는 단 한 사람의 힘으로 향을 피우고 주문을 외워 공주의 병을 씻은듯이 고쳐준 것을 문무백관들이 다 보아 알고 있을 터! 감히 어찌 불교를 미신이라 한단 말인고?"

신하가 물러서지 않고 말했다.

"하오나 대왕마마, 저 불교의 승려들은 갓난 아이처럼 머리를 빡빡 깎고 이상한 옷을 걸치고 다니며 알아듣기 힘든 이상한 주문을 외우고 다니니, 이는 올바른 교가 아닌 줄로 아옵니

다."

왕이 진노하여 소리쳤다.

"듣기 싫다! 천신께 제사를 올리고, 지신께 제사를 올리고, 심지어는 용왕신, 목신에게마저 제사를 올리며 치성을 드리고도 고치지 못한 공주의 병을 단번에 고쳐준 것은 바로 저 불교의 승려였으니, 나는 반드시 천경림에 절을 짓도록 도와줄 것이다!"

"하, 하오나 대왕마마, 문무백관들의 반대가 심상치 아니하오니……"

신하의 말이 채 끝나기도 전에 왕의 호통 소리가 이어졌다.

"듣기 싫다! 세속필부도 한 번 내뱉은 말은 주워담지 못하는 법이거늘 하물며 신라의 왕인 내가 어찌 한 입으로 두 말을 할 수 있을 것인가! 내가 이미 약조한대로 저 불교 승려에게 후한 상을 내리고, 소원대로 천경림에 절을 세우도록 도와주어야 할 것이다!"

이런 우여곡절 끝에 결국 아도스님은 신라 왕으로부터 후한 상을 받고, 천경림 숲속에 절을 세우게 되었다.

이때 아도스님은 신라 왕으로부터 상으로 받은 곡식과 옷감을 모례와 마을 사람들에게 골고루 나누어주고 천경림에 절을 지었고 띠를 엮어 지붕을 덮었다.
아도스님은 이 절의 이름을 흥륜사라 불렀다.

# 17
## 최초의 비구니 스님

　모례의 집에서 머슴으로 숨어지내면서 부처님의 말씀을 전하던 아도스님은, 이제는 신라 왕의 허락을 얻어 세상이 다 아는 가운데 부처님의 가르침을 전할 수 있게 되었으니 그야말로 기쁘기 그지 없었다.
　그러던 어느 여름날이었다.
　아도스님이 계신 흥륜사로 사시가 찾아왔다.
　"스님께 문안 인사 올리옵니다."
　아도스님이 반갑게 맞았다.
　"아이구 이거 보살님께서 먼 길을 오셨소이다 그려."
　사시가 아도스님에게 절을 올린 후 말했다.
　"너무 오랫동안 찾아뵙지 못해서 죄송하기 그지 없사옵니다."

"아이구 원 무슨 말씀을요. 소승이 찾아뵈어야 마땅한 일이거늘 그동안 부처님 상을 깎아 모시느라고 겨를이 없었소이다. 용서하십시오. 그, 그래 모례 장자께서도 평안하신지요?"

사시가 고개를 끄덕이며 대답했다.

"예, 오라버님께서는 이제 아침 저녁으로 독경까지 소리내어 하시면서 기뻐하고 계십니다."

아도스님이 만면에 미소를 띠고 말했다.

"소승, 두 분의 은혜 결코 잊지 않고 있사옵니다."

사시가 두 눈을 크게 뜨고는 손까지 내저어가며 말했다.

"아이구 원 무슨 그런 말씀을 다 하시옵니까요, 스님. 밥이나 먹고 잠이나 잘 줄 알았던 저희 무명 중생들이 스님을 만난 덕분에 사람이 되었으니 오히려 은혜를 입은 쪽은 저희들입지요."

아도스님이 말도 안된다는 듯 말했다.

"아이구 원 당치 않으신 말씀이십니다. 두 분의 은혜가 없으셨던들, 감히 소승이 어디다 발을 붙이고 부처님의 말씀을 전할 수가 있었겠습니까? 소승 그저 자나깨나 두 분의 은혜를 어찌 갚아야 할지 그것이 참으로 걱정이옵니다."

사시가 말했다.

"아이구, 그 말씀은 제발 그만 하시구요, 스님."

"예, 말씀하시지요."

사시가 아도스님을 쳐다보며 어렵게 말을 꺼내는 것이었다.

"스님께 꼭 한 가지 부탁을 올리고 싶사온데요."

"…… 무슨…… 부탁이신지요?"

사시가 우물쭈물거리며 말했다.

"이건 그동안 많이 생각해온 일이옵구, 또 오라버님께도 말씀을 드려서 허락을 받아낸 일이온데요."

사시가 선뜻 말을 꺼내지 못하자 아도스님이 궁금한 듯 채근했다.

"예, 어서 말씀하시지요."

"소녀 비록 배운 것이 없고 허물이 있는 여자 몸이기는 하옵니다마는 스님의 제자가 되는 것이 소원이오니 허락하여 주십시오."

아도스님이 눈을 크게 뜨고 되물었다.

"예에? 아니, 제자가 되겠다니요?"

사시가 결연히 말했다.

"저도 삭발 출가하여 스님처럼 수행자가 되고자 하옵니다."

아도스님이 말렸다.

"그, 그건 아니될 말씀이십니다."

사시가 물었다.

"아니된다니요? 여자는 수행자가 될수 없다, 그런 말씀이시온지요?"
아도스님이 대답했다.
"그, 그건 아니옵니다만, 아, 아무튼 그건 좀 어려운 일입니다."
그러나 사시는 결심을 굳힌듯 했다.
"여자의 몸으로 삭발 출가하여 수행자가 된다는 것은 쉬운 일이 아니겠지요. 허나 저는 어떤 어려움이 있더라도 참고 견디고 이겨낼 것이오니 허락하여 주십시오."
아도스님이 난처한 듯 대답했다.
"…… 그, 글쎄, 다른 부탁이라면 몰라도 이 부탁만은……."
아도스님이 머뭇거리자 사시가 완강하게 말했다.
"스님께서 제 소원을 들어주시지 아니하시면 저는 차라리 저 나뭇가지에 목을 매어 죽어버리고 말것이옵니다."
그동안 신세지고 살아온 집주인 모례의 누이동생 사시가 자기도 머리를 깎고 출가하여 여승이 되겠다고 나서는 것이었다.
그러나 절간다운 절간이 하나도 없고, 불교가 아직 제자리를 잡은 것도 아니었던 당시의 형편에 여자의 출가를 허락하기는 어려운 일이었다.
아도스님이 사시를 달래기 시작했다.

"이것 보십시오. 보살님. 삭발 출가하여 수행자가 되시겠다고 하니 그 뜻은 참으로 고맙고 가상타 하겠으나 지금 형편으로는 차마 허락을 해드리지 못하겠습니다."

사시가 눈을 동그랗게 뜨고 물었다.

"어쩐 까닭으로 허락을 못하겠다 하십니까, 스님?"

"그, 그거야 일일이 다 말씀드릴 수 없겠습니다마는……"

아도스님이 머뭇거리자, 사시가 아도스님에게 물었다.

"하오면 소녀가 몇 가지 여쭙겠사옵니다."

"예, 말씀하시지요."

"스님께서 저희 집에 머물고 계실 적에 말씀하시기를, 부처님의 이모님되시는 분도 삭발 출가하여 여승이 되었다고 하셨습니다."

"예, 그랬습지요."

"그리고 또 부처님의 옛부인도 삭발 출가하여 수행자가 되었다고 그러셨습니다."

"예, 그랬습니다."

"그러면 나이 많으신 부인도, 젊은 부인도 다 삭발 출가하여 여승이 되셨는데, 어찌하여 소녀만은 안된다 하시는지요?"

아도스님이 설명하였다.

"여자의 몸이라서 출가할 수 없다는 말씀이 아니옵니다. 다만……."
 사시가 따지듯 물었다.
 "다만 어쩐 까닭이시라는 것인지요?"
 아도스님은 사시를 부드럽게 쳐다보았다.
 "이 땅에 부처님 말씀이 전해진 지 얼마되지 아니한 까닭으로 이웃나라인 고구려에도 백제에도 여자가 삭발 출가한 일은 아직 없습니다. 더더구나 이곳 신라 땅에서는 남자로 출가한 사람도 아직 없는 터에……."
 사시가 아도스님의 말을 막고 나섰다.
 "그거야 스님, 어리석은 중생들이라 부처님의 가르침을 만나지 못한 까닭으로 출가할 생각을 못한 것이 아니겠습니까?"
 "그런 셈이지요. 그러니 앞으로 부처님 제자가 차차 많아지고 출가하기를 원하는 사람이 많아지게 되면, 그땐 사찰도 그 수효가 늘어나게 될 것이요, 그렇게만 되면 그땐 자연히 여자의 출가 수행도 이루어질 것입니다. 그러니 보살께서는……."
 사시가 말했다.
 "그때까지는 집에서 농사 일이나 하고 살림이나 하면서 기다리라는 말씀이시온지요?"
 아도스님이 고개를 끄덕이며 말했다.
 "속가에 계시면서도 부처님의 가르침을 신실하게 믿고 수행

하시면 그 공덕 또한 크다고 하셨습니다."

그러나 사시는 고개를 흔드는 것이었다.

"만일 스님께서 소녀의 삭발 출가를 허락치 아니하신다면 차라리 소녀는 죽는 길을 택할 것이옵니다."

사시가 이렇게 나오자 아도스님은 난처한 기색이 역력했다.

"허허, 이거 이리 생각하시면 아니되십니다."

사시가 다시 졸라댔다.

"그러니 스님께서 속히 제자로 허락하시고 삭발시켜 주십시오."

아도스님이 말했다.

"글쎄, 삭발 출가를 허락만 해준다고 해서 될 일이 아니질 않습니까? 대체 그럼 앞으로 어찌하실 작정이란 말씀이신지……원……."

아도스님이 난처해 하자 사시가 말했다.

"머리를 잘라주시고 출가를 허락해 주시면 소녀는 따로 절을 짓고 나가서 부처님의 가르침을 배우고 받들 것이옵니다."

아도스님이 놀라서 물었다.

"아니, 여자 혼자의 몸으로 절을 따로 짓고 사시겠다구요?"

사시가 고개를 끄덕였다.

"그러니 다른 걱정은 조금도 마시고 허락만 해주십시오."

아도스님이 사시를 걱정스럽게 쳐다보며 말했다.
"머리를 잘라주는 것은 어려운 일이 아닙니다. 허나……"
사시가 아도스님을 쳐다보며 물었다.
"그러면 어떤 일이 그렇게 어려운 일이라 하시는지요?"
아도스님이 말했다.
"한 번 삭발 출가하여 부처님의 제자가 되면 혼인을 해서도 아니되고 가정을 이룰 수도 없으니, 평생토록 독신으로 살아야 합니다."
"그건 이미 잘 알고 있사옵니다."
"뿐만 아니라 출가 수행자는 가난을 그 근본으로 삼아야 하니 호의호식을 해서도 아니되고, 재물을 모아서도 아니되고……"
사시가 아도스님의 말을 받아서 계속했다.
"살생을 해서도 아니되고, 거짓말을 해서도 아니되고, 술을 마셔서도 아니되는 줄은 소녀도 이미 다 알고 있사옵니다."
아도스님이 사시를 쳐다보며 말했다.
"그런 것을 다 알면서도 기어이 머리를 잘라달라 하십니까?"
사시는 아도스님을 똑바로 쳐다보며 덤덤하게 말하는 것이었다.
"오만 가지 근심 걱정 속에서 백 년을 산들 그것이 무슨 소

용이 있겠습니까? 단 하루를 살더라도 부처님의 제자로 살고자 하옵니다."

아도스님은 할 수 없다는 듯 사시를 쳐다보며 조용히 말했다.

"…… 알겠습니다. 정녕 뜻이 그러하시다면 소승 기꺼이 머리를 잘라드리지요."

아도스님을 머슴으로 가장시켜 집안에 숨겨주었던 모례의 누이동생 사시는 이렇게 해서 결국 우리나라 불교 사상 최초의 비구니 스님이 된 셈이었다.

지금까지 발견된 우리나라 옛 기록과 책을 살펴보면 삼국유사나 아도본비에 이 사실이 적혀있으니 기록상으로는 이때의 모례의 누이동생 사시가 우리나라의 여승 1호라고 해도 틀린 말이 아닐 것이다.

그런데 이때 아도스님이 사시의 출가를 허락하자 그 오라버니 되는 모례가 스님을 찾아왔다.

"스님, 제 누이 사시의 출가를 허락해 주셨다는 게 사실이옵니까요?"

아도스님이 대답했다.

"그렇소이다. 어찌나 간절하게 말씀하시는지 차마 거절하지 못했으니 주인 어른께는 참으로 미안하게 되었습니다."

모례가 얼굴에 웃음을 띠고 말했다.
"미안하시다니요, 스님. 우리 집안에서 여자 스님이 나오게 되었으니 이거야말로 우리 가문의 광영이지요."
아도스님의 얼굴에도 미소가 떠올랐다.
"허허허, 그렇게 여기신다니 참으로 다행이구료."
모례가 아도스님을 쳐다보며 말했다.
"스님께서 자리만 잡아주시면 누이의 절은 소생이 지어줄 작정이옵니다요, 스님."
아도스님이 큰 소리로 웃었다.
"허허허, 그것 참 장한 생각을 하셨소이다. 그렇게 해주시면 절간이 또 하나 늘어나게 되었소이다 그려. 허허허······."
아도스님이 모례 장자 남매의 갸륵한 불심을 가상히 여겨 모례의 누이동생인 사시의 출가 득도를 허락하고 절 지을 자리를 삼천 갈래에 잡아주었다.
그리하여 그곳에 신라 두 번째의 절을 짓게 되었다.
모례와 아도스님이 다 지어진 절을 쳐다보며 마주섰다.
"스님께서 잡아주신 터에 절을 세워놓고 보니 과연 명당인 것 같사옵니다."
아도스님이 말했다.
"저기 저 큰산에서 내려오던 물줄기가 바로 이 절 앞에서 세

갈래로 나누어지니 여기에 절을 짓고 부처님의 말씀을 전하면 저 세 갈래의 물이 여러 고을을 살찌우며 흐르듯이 부처님의 가르침 또한 여러 고을의 중생들을 두루두루 이익되게 할 것입니다."

사시가 고개를 끄덕이며 물었다.

"하오면 스님, 이 절의 이름을 어찌 불러주시려는지요?"

"부처님의 가르침이 세세생생 흥왕하기를 바라는 마음으로 이곳에 절을 세웠으니 길 영자, 흥왕할 흥자, 영흥사라 할 것이오."

모례와 사시가 되뇌었다.

"영흥사요?"

"이 땅에 부처님의 말씀이 세세생생 이어질 것이니 이 영흥사라는 절 이름 또한 세세생생 전해질 것이오."

아도스님이 예견했던 그대로 이 땅에서는 그날 이후 부처님의 가르침이 널리널리 전파되어 이천만 불자를 자랑하게 되었고, 영흥사라는 절 이름 또한 삼국유사를 비롯한 여러 옛문헌에 그대로 기록되어 한국 불교 일천육백 년 역사에 우뚝 솟아 있으니 이 또한 자랑스런 일이라 할 것이다.

# 18
## 마음과 정성을 모아 합장하라

　아도스님이 신라 왕궁에 들어가서 공주의 귀신병을 고쳐준 이후, 신라왕은 가끔씩 생각나면 아도스님을 궁궐로 불러들여 부처님의 가르침에 관하여 이것저것 궁금한 것을 묻곤 하였다.
　"생각하면 생각할수록 우리 공주의 귀신병의 퇴치는 신통하단 말이야. 이것 보시오, 대사!"
　"예."
　"그 부처의 신은 천신이나 지신이나 용왕신보다도 더 전지전능하신 게요?"
　아도스님이 고개를 흔들었다.
　"아, 아니옵니다. 부처님은 천신이나 지신과 같은 신이 아니오라 우리와 똑같은 사람이셨습니다."
　왕이 놀라서 물었다.

"아니 부처님이 신이 아니라 사람이었다니요?"

아도스님이 대답했다.

"예, 본시 부처님께서는 저 서역 나라 카필라 왕국의 왕자로 태어나신 분이었는데 오랜 수행을 통해 깨달음을 얻으셨고, 그래서 깨달음을 얻은 분이라는 뜻에서 부처님이라 부르게 되었사옵니다."

왕이 놀랍다는 듯이 말했다.

"아니 그러면 그 부처님이 깨달음을 얻은 그 신령스러운 신통력으로 세상을 떠난 후에도 병을 고쳐주신다 그런 말이오?"

아도스님이 고개를 저었다.

"아, 아니옵니다. 공주님의 병은 우리 부처님께서 신통술로 고쳐주신 게 아니오라 공주님 스스로 정신을 제대로 가다듬어서 고치신 것입니다."

왕이 고개를 갸우뚱하였다.

"허허, 이거 원 나는 도무지 무슨 말인지 알아듣지를 못하겠소이다. 아, 대사께서 분명히 부처님께 기도를 올리고 주문을 외우지 않으셨소이까?"

아도스님이 대답했다.

"예, 소승이 독경한 것은 주문이 아니오라 부처님의 가르침을 외운 것이옵니다."

왕이 고개를 갸웃하며 물었다.

"허면 그 독경 소리에 병을 고치는 신통술이 들어있다 그런 말이시오?"

아도스님이 차근차근 설명하였다.

"독경을 하면, 독경을 하는 사람이나 그 독경 소리를 듣는 사람이나 똑같이 마음이 편해지고 밝아지며 지혜로워져서 산란한 마음이나 어지러운 마음, 화내는 마음이 사라지게 되옵니다."

왕은 신기하다는 표정이었다.

"허 그래요? 거 어쩐지 그 소리가 듣기 싫지는 않았소이다마는……"

아도스님이 왕을 쳐다보며 말했다.

"대왕마마께서도 마음이 어지러우실 적에는 독경 소리를 들어보십시오. 저절로 마음이 편안해지셔서 그 공덕을 아시게 될 것이옵니다."

왕이 고개를 끄덕이며 말했다.

"허 그래요? 허면 내가 마음이 산란할 적에는 대사를 불러다가 독경 소리를 들어야겠소이다 그려."

"그렇게 하시지요."

왕이 아도스님을 쳐다보며 다시 물었다.

"헌데 기왕에 말을 꺼냈으니 내 한 가지 더 물어보겠소이다."
"예, 하문하시지요."
"우리의 예법은 인사를 올릴 적에 두 손을 맞잡고 읍을 하거늘 대사는 어찌해서 두 손바닥을 마주 포개어서 가슴 앞에 올리는 것이오?"

아도스님이 웃으며 설명했다.

"예. 우리 불가에서는 예로부터 두 손을 합장하여 가슴 앞에 모으고 허리를 굽혀 인사드리는 것을 예법으로 하고 있사온데, 자신을 낮추고 겸손한 마음과 지극한 정성을 다 합해 예를 올린다는 뜻이옵니다마는 이렇게 합장하여 인사올리는 것은 또 다른 뜻이 있으니 이 인사법이 곧 수행인줄 아옵니다."

왕이 물었다.

"인사하는 것이 수행이라니요?"
"예, 두 손을 공손히 모아 가슴 앞에 이렇게 합장을 하면 이상스럽게도 모든 근심 걱정이 씻은듯이 사라지게 되옵니다."

왕이 아도스님이 한대로 합장을 하며 혼잣소리로 말했다.

"가, 가만! 이, 이렇게 합장만 하면 근심 걱정이 없어진다?"

아도스님이 고개를 끄덕였다.

"예, 그러하옵니다. 이렇게 합장을 하면 근심 걱정은 씻은듯이 사라지고 마음이 조용하고 편안해집니다. 죽이고 싶도록 미운 사람이 있을 적에도 이렇게 합장을 하고 그 사람을 생각하면 왠지 마음이 너그러워지고 편해지고 가엾은 생각이 들어서 모든 걸 다 용서하게 되니, 그래서 마음이 어지러우면 합장하라 이르신 것이지요."

아도스님의 말을 열심히 듣던 왕이 말했다.

"허! 그것 참 신통한 일이라 할 것이니 나도 가끔 합장을 해보아야 되겠소이다 그려. 응? 허허허……"

그랬다. 참으로 이 합장은 오묘한 힘을 지니고 있다 하겠다.

아도스님은 절에 모인 대중들에게도 합장에 대해서 설명하였다.

"오늘 이 자리에 모이신 여러 대중들께서는 집에 돌아가시거든 반드시 합장하는 습관을 기르도록 하십시오.

걱정되는 일을 당했을 적에 합장을 하십시오.

놀랐을 적에도 합장을 하십시오.

오만 가지 근심 걱정이 저절로 사라지고, 퉁탕거렸던 가슴이 편안해져서 근심 걱정을 해결할 방도가 차분하게 떠오를 것입니다.

남편이 속을 썩일 적에도 합장을 하십시오.

부인이 미워죽겠을 적에도 합장을 하십시오.

자식이 미울 적에도 합장을 하십시오.

　원수를 만났을 적에도 합장을 하십시오.

　합장을 하고 잠시만 지나면 이 세상 모든 근심 걱정이 저절로 사라지고, 남편 미운 생각, 부인 미운 생각, 자식 미운 생각, 상대에 대한 원망도 미움도 적개심도 억울함도 저절로 사라지게 될 것입니다.

　입에서 욕이 튀어나오려고 할 적에 얼른 두 손을 모아 합장을 해보십시오.

　절대로 욕설이 입밖으로 튀어나오지 아니할 것입니다.

　소승의 말이 과연 맞는 말인가, 틀린 말인가 의심이 가시거든, 오늘밤 당장에 합장을 한 채 부부싸움을 한 번 해보십시오."

　아도스님의 말에 모여있던 사람들이 웃음을 터뜨렸다.

　아도스님도 얼굴에 미소를 띠고 말을 계속했다.

　"합장만 하고 있으면 욕도 나오지 아니하고, 원망도 나오지 아니하고, 싸움도 되지 아니하고, 나쁜 생각, 나쁜 일은 아니하게 됩니다.

　그래서 우리 불가에서는 합장을 하라고 가르치는 것이지요.

　마음과 정성을 하나로 모아 늘 합장을 하십시오.

　그러면 천 가지 만 가지 복이 들어올 것입니다."

　아도스님은 이렇게 누구나 다 알아듣기 쉬운 부처님 말씀을 전해주셨으니, 달이 가고 해가 갈수록 자연스럽게 불교를 믿고, 불교를 좋아하는 사람이 늘어나게 되었다.

그러던 어느해 겨울이었다.

그날 아도스님은 신라 왕궁에 들렀다가 오랜만에 옛주인집 모례의 안부가 궁금해서 모례의 집에 들르게 되었다.

함박눈이 펑펑 내려서 한 자도 넘는 눈이 쌓여있는 엄동설한 인데, 모례의 집에 당도해보니 이상스럽게도 파릇파릇 새싹이 돋아난 칡넝쿨이 모례의 집 창문앞까지 뻗어와 있는 것이었다.

아도스님이 이상히 여겨 집주인 모례를 불렀다.

그러나 모례 역시 놀라서 소리치는 것이었다.

"아이구 세상에 이런! 아니 이 엄동설한에 웬 칡넝쿨이 우리 집까지 이렇게 뻗어왔답니까요, 스님?"

아도스님이 물었다.

"허면 주인 어른께서는 여태 이 칡넝쿨을 보지 못하셨단 말씀이십니까?"

모례가 고개를 끄덕였다.

"아이구 오늘 아침에도 못보았습니다요. 원 세상에 이런 기이한 일이 있나, 원……"

모례가 입을 다물지 못하자 아도스님이 말했다.

"이건 아무래도 심상치 않은 일이니 이 칡넝쿨이 대체 어디

서 뻗어왔는지 어디 한 번 따라가 보십시다."

"예, 그러십시다요, 스님."

아도스님과 모례 장자는 하도 이상스런 일이라 뻗어온 칡넝쿨을 따라 산속으로 올라갔다.

한참을 올라가니 그곳에는 엄동설한에도 불구하고 온갖 꽃이 피어있는 것이었다.

모례가 큰소리로 말했다.

"아이구 스님, 저기, 저기를 좀 보십시오 스님, 저 꽃들 좀 보시라구요!"

아도스님 역시 놀라서 할 말을 잊고 말았다.

"허허, 아니 이 엄동설한에 꽃이 만발해 있다니……."

"세상에 원 이런 일도 다 있을 수 있습니까요, 스님? 이 엄동설한에 복사꽃에 오얏꽃이 이렇게 흐드러지게 피어있으니 말씀입니다요."

아도스님이 말했다.

"한겨울 눈속에 복사꽃과 오얏꽃이라, 이보다 더 상서로운 자리는 다시 없을 것이오."

모례가 무슨 뜻인지를 몰라서 아도스님에게 물었다.

"무슨…… 말씀이시온지요, 스님?"

"이것 보시오 주인 어른, 소승이 바로 이 자리에 절을 하나 새로 짓고 절 이름을 복사꽃, 오얏꽃을 따서 도리사라 할 것이니 좀 도와주셔야겠습니다."
모례가 눈을 휘둥그렇게 떴다.
"바로 이 자리에다 절을 지으시고 그 절 이름을 도리사라 하시겠다구요?"
"그렇소이다."
"아 스님께서 절을 지으시겠다고만 하시면, 소생 내일 당장이라도 지어드리겠습니다요."
이렇게 해서 아도스님은 한겨울 눈속에 복사꽃과 오얏꽃이 만발했던 자리에 절을 새로 지어 그 절 이름을 도리사라 했으니, 지금의 경상북도 선산군 해평면 송곡리 태조산에 있는 천년 고찰 도리사가 바로 옛날의 그 사찰이다.
아도스님은 바로 이 도리사를 짓고 이곳에 머물며 몇 년동안 부처님의 말씀을 전하고 있었다.
그러던 어느해 봄이었다.
비구니승이 된 사시가 느닷없이 도리사로 아도스님을 찾아왔다.
"스님, 스님, 스님 계시옵니까?"
아도스님이 비구니승 사시를 반갑게 맞았다.
"아니 비구니 스님이 어인 일로 이리 급하시단 말씀이오?"

"아이구 스님, 큰일났사옵니다. 스님을 그토록 좋아하시던 왕께서 돌아가셨다 하옵니다."

공주의 병을 낫게해준 아도스님의 은혜에 보답하기 위해서 천경림 숲속에 절을 짓도록 허락해준 신라왕이 세상을 떠났다는 소식을 사시 비구니로부터 전해들은 아도스님은 그길로 도리사 법당에 신라왕의 영가를 모시고 극락왕생을 위해 지극한 정성으로 독경을 해올렸다.

아도스님은 독경을 다 마치고 나와 멀리 신라의 서울쪽을 한동안 말없이 바라보았다.

그리고는 침울한 목소리로 말했다.

"참으로 좋으신 임금이셨는데, 내가 지은 복이 많지를 아니해서 일찍 가시는구료. 십 년, 아니 오 년만 더 계셔주셨으면 이 땅에 부처님의 정법이 바로 서게 될 터인데……"

사시 비구니가 아도스님을 이상스레 쳐다보며 물었다.

"스님께서는 왕궁에 가시지 않으시려는지요?"

아도스님이 사시 비구니를 쳐다보며 말했다.

"비구니 스님은 잘 들으시오."

"예, 스님."

"불도를 허락해주신 왕께서 세상을 떠나셨으니 앞으로 문무백관들이 득세를 하게 될 것이오."

"…… 그리 되겠지요."

"그동안 신라 왕실의 문무백관들은 저마다 우리 불교를 짓밟지 못해서 앙앙불락이었으니, 머지 아니해서 그 화가 우리 불교에 미칠 것이오."

사시 비구니가 놀라서 소리쳤다.

"아니 하오시면 스님께서는 신라의 문무백관들이 다시 우리 불교를 박해할 것이라는 말씀이시옵니까?"

"저들은 천지신명만을 믿고, 백성을 다스리는 데 천지신명을 팔아 때로는 위협하고, 때로는 선동하고 무당들을 앞세워 백성들을 속여왔거늘 우리 불교가 신라에 융성케 되면 백성을 속이는 데 방해가 될 것이니 그래서 불교를 배척할 것이오."

사시 비구니가 걱정스럽게 물었다.

"하오면 소승은 대체 어찌 처신하면 좋겠사옵니까요, 스님?"

아도스님이 말했다.

"너무 낙담하지는 마시오. 머지 아니해서 이 신라 땅에는 반드시 어진 임금이 태어나서 이 땅에 널리 부처님의 가르침을 전파하도록 앞장 서 주실 것이오. 그 날이 이제 머지 아니했소."

"하오면 소승은 그 날이 올 때까지 어찌하면 좋겠사옵니까?"

"후사를 기약하고 몸을 숨기도록 하시오."

사시 비구니가 아도스님을 쳐다보며 물었다.
"하오시면 절에서 떠나라는 말씀이시옵니까, 스님?"
아도스님이 일렀다.
"그동안 지니고 있던 경책은 단단히 당부하여 다른 사람에게 맡기고 잠시 환속하여 세속에 몸을 의탁하도록 하시오."
사시 비구니가 안타깝다는듯 물었다.
"그대로 절을 지키면 안되겠사옵니까, 스님?"
아도스님이 무겁게 입을 열었다.
"절을 지키고 있다가 절에서 죽는 것은 부처님 제자로서 응당 옳은 일일 것이나 부처님의 참다운 가르침은 지붕이나 기둥이나 집채에 있는 것이 아니니, 아무쪼록 부처님의 가르침 종자가 끊어지지 아니하도록 보존함이 옳을 것이오."
사시 비구니가 아도스님을 걱정스럽게 쳐다보았다.
"하오시면 스님께서는 어찌 하시려는지요?"
아도스님이 대답했다.
"신라왕의 장례가 끝나고 나면 재앙이 닥칠 것이라, 나도 그 안에 방도를 마련할 것이니 늦어도 그 안에 영흥사를 떠나도록 하시오!"
비구니가 된 사시를 돌려보낸 뒤 아도스님은 아무도 모르게 태조산 바위굴 속으로 들어가 스스로 굴 입구를 돌로 막아버린 뒤 가부좌를 틀고 앉아 독경을 하기 시작하였다.

하루가 지나고 이틀이 지나고 사흘 나흘 닷새가 지날 때까지 아도스님의 애잔한 독경 소리는 바위굴 밖으로 새어나오고 있었다.

그러나 이레가 지나고 열흘이 지나고 보름이 지나자 아도스님의 독경 소리는 마침내 끊겨 이제 아무 소리도 들리지 않았다.

태조산 자락에는 덧없는 뻐꾸기 소리만 울려 퍼져갔다.

한편 아도스님의 마지막 당부대로 영흥사를 떠나기로 했던 모례의 누이동생 사시 비구니는 그래도 발길이 떨어지질 아니 해서 마지막으로 아도스님을 다시 한 번 뵙고자 오라버니인 모례와 함께 도리사를 찾아왔으나 스님의 모습은 이미 사라진 뒤였다.

모례가 이곳 저곳을 찾아 헤메다가 말했다.

"대체 우리 스님은 어디로 가셨단 말이던고?"

사시 비구니가 말했다.

"우리 스님은 결코 우리 신라 땅을 떠나시지는 않으셨을 것이옵니다. 우리 한 번 찾아보도록 하시지요."

"그, 그래야지. 우선 저 산속에 한 번 들어가 봐야겠구먼."

"스님, 스니임-"

"스님, 스님- 스님- 스님-."

모례와 사시 비구니가 애타게 아도스님을 불렀으나 되돌아오는 것은 메아리 소리뿐, 그 어느곳에서도 아도스님의 모습을 볼 수가 없었다.